恋人たちの風景

Paysage d'amour

―ピエール・ロチと行くロマン紀行―

伊原正躬

恋人たちの風景

Paysage d'amour

——ピエール・ロチと行くロマン紀行——

目次

Paysage d'amour

恋人たちの風景

――ピエール・ロチと行くロマン紀行――

ピエール・ロチ

第1章　ピエール・ロチ（Pierre Loti）

ピエール・ロチは、本名をルイ・マリー＝ジュリアン・ヴィオー（Louis Marie-Julien Viaud）といい、１８５０年1月、フランス西部の港町、ロッシュフォール（Rochefort）で生まれた。彼はブレスト海軍士官学校を卒業し、１８７０年海軍少尉に任官する。その後、フランスが植民地を統治するため派遣する軍艦でアフリカ、中近東、東南アジア、太平洋の島々をめぐった。

軍務とはいえ、昔のことなので1ヵ所に長逗留し、時間的な余裕から現地の人々と交流する。特に彼の場合、現地の若い女性とのロマンスが多かったようで、このロマンスを小説にした。トルコ・イスタンブールでの『アジヤデ』、太平洋タヒチでの『ララフ』、日本の長崎での『お菊さん』、いずれも交際した女性の名前を付けた小説である。彼の作品は、当時、フランスでエキゾチックであるともてはやされたが、今、日本で知る人は少ない。彼は航海日記をつける習慣があり、恋人のみでなく、恋人と過ごした場所や関係者について驚くほど克明に描写している。このため、彼の作品は恋愛小説というより、一種の旅行記のような印象を受ける。

彼は文明先進国のフランスに生まれ育ち、また、植民地支配を担当する軍人の立場にありながら、ヨーロッパ文化や白人の優越性を匂わせるところが少なく、未開とも思える人々と隔てなく接し、異質な文化に適応障害をおこす様子もない。確かに彼はトルコの恋人の墓から埋葬品を持ち帰り、自宅に飾るような一風変わったことをする人物だが、当時のヨーロッパ人としてはタフで偏見の少ない人柄であったように思う。これは彼がキリスト教の信仰を棄てていたことと関係があるのかもしれない。

彼は41歳でフランス・アカデミー会員に選出され、軍務と執筆活動を両立させた。１９１０年、60歳で海軍を退役してのちレジョン・ドヌール勲章を受ける。１９２３年6月、スペインとの国境の町・アンダーユで死没し、国葬に付され、先祖の眠るフランス西海岸オレロン島の墓地に埋葬された。

ロチが最初に日本を訪れたのは、１８８５年（明治18年）7月、長崎に約2ヶ月滞在し、小説『お菊さん』を書いた。また、同年秋、鹿鳴館の夜会に招待され、神戸、京都、日光などに旅行した記録を『秋の日本』としてまとめている。彼が再度、長崎に来たのは、１９００年（明治33年）12月であり、翌年10月日本を離れるまでの間、旧知の人々と交流し、その体験を基に小説『お梅が3度目の春』を書いた。

さて、芥川龍之介の作品に「舞踏会」という短編がある。彼は鎌倉に行く列車の中で出会った老夫人から、昔、彼女が若かった頃、鹿鳴館の舞踏会で一緒に踊ったフランス人将校についての思い出話を聞いた。彼女にその将校の名前を尋ねると「Julien Viaud（ジュリアン・ヴィオ）」という。それがピエール・ロチの本名であることを知る彼は感銘して「あの『お菊夫人』を書いたピエル・ロティだつたのでございますね」と問いかけると、老夫人は不思議な顔をして「いえ、ロティと仰有る方ではございませんよ。ジュリアン・ヴィオと仰有る方でございますよ」と繰り返すばかりであったという。この短編は、ただ、これだけで終わるが、そこには遠い昔、ロチに出会った老夫人の恋の残り香が感じ取れる。

私はロチの小説の舞台となった各地を訪ねる旅をして、たとえ時代が違っても、また、彼が書いたものがフィクションであっても、その小説に描かれた風景を求めて、彼ほど克明な記述はとてもできないが、私なりの旅行記を書いてみたいと考えた。

このため、まず、市立博物館になっているロッシュフォール市にある彼の生家を訪ねて、彼の人となりを知ろうとした。

ロチの生家（博物館）

【参考図書】

芥川龍之介著「舞踏会」（『芥川龍之介小説集』１９８７年７月３日刊・岩波書店）

なお、鹿鳴館での舞踏会の様子は、ロチの別の作品『秋の日本』（村上菊一郎、吉氷清／訳・１９９０年刊・角川文庫）に克明に記されている。

ロチの生家を訪ねて

旅行日
2012、6、1

パリ見物の途中、ロチの生家（Maison de Pierre Loti）を訪ねることにした。私と妻はモンパルナス駅を朝7時13分に発つTGV（フランス高速鉄道）でフランス西海岸の町・ロッシュフォール（Rochefort）に向かった。現在、ロチの生家は市立博物館になっているので、昨日、ホテルのフロントから電話で今朝11時半に見学する予約を入れておいた。

TGVは日本の新幹線並みのスピードで走る。発車して10分足らずで車窓は田園風景になる。山は見えずどこまでも続くフラットな耕地、畑と木立が緑一色の世界をつくる。畑は小麦畑のようでところどころにサイロが建ち、風力発電用の風車が回っていた。美しいが、あまりに単調な景色なので飽きてくる。乗客は子連れの家族とビジネスマン、観光客らしい姿はなく、むろん東洋人はいない。1時間半ほど走りポワティエ（Poitiers）駅に停車し、そこからは30分間隔で2つの駅に停車したあと終点のラ・ロシェル（La Rochelle）に着いた。

この町は西海岸の大きな港町でアメリカ・アフリカ航路の発着点という。また、この地方・シャラントーマリティーム県（Charente-Maritime）の県都というが、駅からの眺めはまったくの田舎風景である。ここで私たちはボルドー（Bordeaux）行きのローカル線に乗り換えた。ローカル線は車両が新しく気持ちよいが、乗客は各車両に2～3人しかいない。発車後、進行右手に海が見える。遠浅の静かな海で沖にヨットが浮かんでいた。20分ほど走った2つ目の駅がロッシュフォールである。

ロッシュフォール駅には定刻の11時6分に着いたので、市内にあるロチの生家には、タクシーに乗れば予約した11時半に間に合うはずである。ところが駅前に出てもタクシーの姿はない。田舎の駅なのでタクシーは呼ばなければ来ない。日本の感覚でいると想定外のことに出会う。もたもたしていては時間がなくなるので、仕方なく駅の切符売り場の女性に頼むと、言葉の不自由な東洋人に同情したようで親切にもタクシー会社に電話してくれた。言葉の不自おかげさまで約束の時間にスレスレで間に合うことができた。

見学者は私たちのほか8人、このグループに1人の説明人（ガイド）が付き館内を案内してくれる。ガイドの説明はフランス語で、ジョークを交えながらの説明に他の見学者が笑っても言葉が分からない私たちは笑えない。ガイドは、日本からはるばるやって来た私たちに関心を示し、日本について何かと質問をしてくるが、受け答えができずたいへん困った。

1階入口の横にある第1室は、赤のサロンと言い、ロチの家族（本人、妻、父母、兄姉等）の写真が飾ってある。この部屋は5～6坪と狭いが、正面に本人の軍服姿とアラブ衣装姿の大きな2枚の写真を掲げ、傍らに古いピアノが置かれていた。

第2室は、青のサロンと呼ばれるやや広い部屋、床にはトルコ・ジュータンが敷かれ、ここにも古いピアノが置かれている。飾り棚には中国や日本のものと思われるビンや壷類が並べてある。その中に今の日本ではあまり見かけない仏壇に飾る観音開きの高さ30cmほどの厨があった。

青のサロン

（注1-1）館内の写真撮影は禁止なので、以下の写真──「青のサロン」「レセプションルーム」「ロチの寝室」「アラブ風サロン」──はインターネット（Une visite de musée, par Madame de Montalembert）から借用した。

第3室は、ルネッサンス風のレセプション・ルームで15～20坪ほどの広い部屋である。天井は木製の格子模様、中央の暖炉の前にテーブルと椅子が置かれ、背後の壁はタピストリーで覆われている。この部屋を特徴づけるのは

レセプション・ルーム

暖炉をはさんで設置された2本の階段、その踊り場にある窓はステンドグラスで貴族の家紋が描かれていた。ロチはアラブや中国の民族衣装を着けて変装し、この階段から招待客の前に現れて客をびっくりさせたという。

私たち見学者はこの階段を上り2階の部屋に案内された。そこはゴシック様式の5～6坪の木製を基調にした部屋で天井はポリネシア風、板を貼り付けた壁には作り付けの木の椅子がはめ込まれている。家族と食事をした部屋のようでフライパンなどの調理器具が壁にかかり、鎧兜姿のロチが家族と一緒に撮った写真が飾ってあった。

さらに階段を上がり3階に行くとロチの寝室がある。白を基調にした簡素な部屋で壁際にシングルベッドが1台置かれている。病院のベッドに似ている。ベッドの横に長細い木の箱があり、護身用の武器を入れていたという。ここで彼は奥さんと別に独りで寝ていたらしい。

この部屋の装飾品は壁に掛けられた鉄カブトと小銃、フェンシング用のサーベルだが、面白いことに部屋の中央に置かれた小机に彼の「手首」のオブジェが置いてあった。

ここでガイドがいきなり1枚の写真を取り出す。何かと見れば裸姿のロチを撮ったもので、顔に似

ロチの寝室

合わずボディビルダーのような筋肉隆々の身体を造っていた。筋肉美や変装など彼のすることから推察して、どうも一風変わった性格の持ち主であったようだ。

3階の第2室は20坪ほどの大きな部屋で、モスクを模したアラブ風のサロンになっている。

正面の壁に緑青と白の彩色タイルを嵌め込んだ祈祷コーナー（ミフラーブ）を設け、その前面の床を一段低く凹ませ白い水盤に噴水装置を設置している。これを囲むように室内には天井まで届く赤大理石の円柱8本が立つ。天井はこげ茶色の漆喰造り、床にはジュータンが敷き詰められている。

アラブ風サロン

部屋の側面にアラブの刀剣や大きなローソク台が飾られ、他に縦横1mほどの棺のような箱が4個置かれている。この箱にはイスタンブールで一緒に暮らした彼の恋人・アジヤデの墓石と埋葬品が納められているという。小説に「緑色の目をして栗色の眉は左右くっつきそう」と書いてある彼女の写真が、立入禁止のロープで仕切られた内側に飾ってあった。小さな写真なので近寄らないとよく見えない。ガイドの許可を得て間近に見ると、白黒写真なので目の色は判らないが、黒っぽい髪でゲジゲジ眉をしたオカッパ姿の少女が写っていた。イスラムの女性は通常スカーフを着けるのに、オカッパとは少し変な気がした。

サロンを出ると左右に控えの間がある。いずれも2坪ほどの狭い部屋でアラブ風の寝室と居間、床にはゴザが敷かれ天井はナツメヤシの葉で覆われている。覗いて見たが薄暗くて清潔とは言えない。ここから2階のベランダに出ると外の光がまぶしかった。見下ろす中庭に棕櫚の木とブドウの木が植えられ、その下に小さな花壇が見えた。

これで博物館の見学を終えたが、感想として、展示物が多すぎて理解が及ばず（解説がフランス語であったためかもしれない）、また、館内が暗くてよく鑑賞できなかった。

彼の小説には、旅先で骨董品を買い集め、その都度大きな荷物をフランスに送ったと書いてある。彼は、かなり凝り性（マニアック）で「ひょうきん」な人物のように思えた。

ロチの家を出て徒歩でロッシュフォール駅に向かう。帰りは時間を気にすることはない。博物館の前の道路はピエール・ロチ通りという。ガイドによれば、この通りを30分ほど歩いた先に駅があるそうだ。

1㎞ほど歩くと広場に出た。広場のレストランで休憩し、遅い昼食をとる。間違って注文した生牡蠣は、季節外れにもかかわらず本場だけにとても美味しかった。しかし、妻は見学に疲れて食欲をなくし、アイスクリームしか食べられなくて気の毒であった。

その先、駅を目指したが、道は複雑に分岐している。田舎町なので標識がなく、通行人に2度ほど尋ねたが、いずれも気持ちよく教えてくれた。

ロッシュフォール駅

再び列車に乗り、来た時と同じ順路でパリに帰った。パリ⇕ロッシュフォール間は約５００km、日本で言えば東京⇕大阪間に匹敵する。日本の新幹線と同じＴＧＶにより約３時間で結ばれるものの、この距離を列車で日帰りする旅はやはり疲れた。

第2章　トルコの恋人（Turque）

ストーリー

ロチがトルコの恋人・アジヤデに出会ったのは1876年5月マケドニアのサロニカ(今はギリシアのテッサロニキ)の港町である。彼女は北カフカース・チェルケス地方(サロニカの東方、マケドニアのビトラ付近)出身の女奴隷でトルコの商人・アベッティン・エフェンディという老人の4番目の妻であった。緑色の瞳をもつ彼女に魅せられたロチは、トルコの若者・サムエルの手引きで彼女を港近くのハレムから連れ出し、海の上の小船で密会する。

1876年8月、ロチはボスポラス海峡を守備する任務でイスタンブールに移動するが、アベッティン老人も商用でイスタンブールのファティフ地区に引っ越す。同年12月、トルコの若者・アフメットの助けでロチはアジヤデと再会する。当時、ロチ27歳、アジヤデ19歳という。

再会後、ロチはイスタンブールのヨーロッパ人が居留するペラ地区から金角湾の奥、エユップのバラト地区の家に居を移し、アジヤデと一緒に住む。

２人は一日中一緒にいたわけでなく、昼間、アジヤデはアベッティン老人のハレムで過ごし、ロチは沖に停泊する軍艦・ディアハウンド号と往復し、夕方、アジヤデと一緒に家に帰る生活をしていたようである。彼は上陸するとトルコ風に変装し、トルコ人の名前を名乗り、友人アフメットと一緒に茶を飲み、モスクめぐりなどをして時間を過ごした。イスラム女性のアジヤデはめったに外出しないため、２人は隣人とのパーティーなど専ら内輪での生活を楽しんでいた。なお、彼女は熱心なイスラム教徒で性格はかなり頑固であったという。

やがてロチは軍の事情で本国に召還され、２人の生活は翌年3月まで半年間の短いものであった。ロチは波止場で見送るアジヤデとアフメットに悲しい別れを告げる。

その後、トルコとロシアの戦争（露土戦争）が激しさを増し、本国にいたロチはトルコ軍に志願して１８７７年6月、再びイスタンブールに戻る。戦火で廃墟になった街でアジヤデの死を知り、カスム・パシャ墓地の中に彼女の墓を見つける。戦局はトルコにとって不利となり、徴兵されたアフメットも戦死する。ロチは１８７８年初め、アルメニアで行われたロシア軍との戦

（注2-1）現実の話として、ロチは26歳で初めてトルコを訪れ、約8ヶ月間滞在した。アジヤデのモデルとなった女性の名はアディジェ（又はハキジェ）という。ロチのトルコとアジヤデへの想い入れは強く、第1章に記したように帰国後、自宅の一部をトルコ風に改装している。アジヤデとは文通を続け、イスタンブールに戦火が迫ったとき彼女をフランスに呼び寄せようとしたらしい。彼女の死後、彼は度々イスタンブールに赴き、彼女の墓を探し出し、60歳を過ぎるまで数回墓参を繰り返したという。

闘に参加するが、後日、イスタンブールの新聞に彼の遺体が確認され、他のイスラム兵士と共に埋葬されたとの記事が載って、この小説は終わる。

【参考図書】

ピエール・ロチ著『アジヤデ』（工藤庸子／訳・2002年2月5日刊・新書館）

Pierre Loti : Aziyadé ©1989 Flammarion, Paris

（注2-2）本章以下、各章冒頭に参考図書としてロチの小説を掲げ、当該各章でその小説を引用する場合は単に「小説」と記す。ちなみに本章についていえば、小説の中でロチの身分はイギリス軍将校という設定になっている。

イスタンブールの地図（『アジヤデ』より）

私の見た風景

旅行日
2013.5.29
~ 6.04

ピエール・ロチの小説『アジヤデ』の風景を求めてトルコ・イスタンブールに旅をした。

1870年代、ロチが搭乗艦・ディアハウンド号でボスポラス海峡の守備に当たるためイスタンブールに駐在したのは、オスマン・トルコ帝国が崩壊していく時期であった。

かつてのオスマン・トルコはバルカン、中東、北アフリカを領有する広大な国家であったが、この時期、国力が衰え、西欧列強の侵略や民族の自立により次々と領土を失っていく。特に、国境を接する北方のオーストリアやロ

(注23) ローマ帝国の末期、コンスタンチヌスI世は帝国の統一を維持するため、紀元330年、ローマから新都コンスタンチノープルに遷都した。以後、この都は1000年余り、東ローマ(ビザンチン)帝国の首都として存続する。しかし、1453年5月、コンスタンチノープルはオスマン朝のスルタン・メフメットII世の攻撃を受け陥落し、その名をイスタンブールに改める。イスタンブールの名前は、イスラム・ボル(イスラムがいっぱいの意味)が訛っ

シアの南下政策はトルコにとって脅威であった。

　こうした中でトルコはイギリス、フランスに軍事的支援を求めるとともに国内体制の近代化を急ぐことになる。その過程でモデルとしたのがロチの母国・フランスであり、法律、行政、税制、教育などをフランスのシステムに模倣して改革する。また、ロチが滞在した当時、小説にも出てくるが、立憲制を導入して近代国家の体裁を整えようとした。しかし、国情の違いや制度運用の拙さからインフレと財政破綻を招き、イギリスやフランスに借款を重ね債務不履行に陥る。トルコがスルタン・カリフ制度を廃止してトルコ共和国になるのは、それから半世紀、第1次世界大戦を経た後のことである。

旅の1日目

　私と妻は、夕方、明るいうちにイスタンブールに着いた。20㎞ほど郊外にある空港から地下鉄とトラム（tram vay）を乗り継いで市内に向かう。トラムは旧市街と新市街を結ぶ2両編成の路面電車で、乗降客が多く混雑していた。車窓から見る市街の様子は古い石造りの建物が並び、車も歩行者も多い。イスタンブールの人口は1500万人と聞いたが、確かに大きな町である。ここはイスラムの国、黒服を着た女性が目立つエキゾチックな町である。


たものという。

なお、この時代、建築家ミマール・スィナンは今に残る芸術的大モスクを次々と建設した。

（注24）オスマン・トルコ崩壊の一因は国内事情にあったようだ。元々、この帝国は、言語や宗教の異なる多民族に寛容な統治を行うことで広大な国土を存続してきた。それを19世紀、西欧諸国にならい近代的国民国家に転換させようとしたが、容易でなく必然的に崩壊したという。この点、同じ非ヨーロッパ地域にあって、地政学的な意味でトルコと類似していた日本が、同時代に明治維新を成し遂げ、いち早く近代国家になったのと対照的である。（第4章〈注42〉参照）

気温は21℃前後、乾燥していて気持ちがよい。

さて、途中、混雑したトラムに乗り込んだとき、ズボンの尻ポケットに手を入れられる感じがして「おっ」と振り返ると白シャツの男が閉まりかけたドアから慌てて降りて行った。財布は反対側のポケットに入れていたので被害はなかったが、油断ならない話である。

トラムをホテル最寄りのチェンベリタシュという駅で降りる。宿泊する「ピエール・ロチ」という名前のホテルは思ったより新しい仕様の5F×9室、45室のプチホテルで、ピエール・

ホテル「ピエール・ロチ」

ロチ通りの終点に位置する。この通りは幅10mほどの石畳の道で、「すずかけ(プラタナス)」の街路樹が植えられている。ホテルはトラムが走る幹線道路・ディバンユル（Divanyolu）通りに面し、交通の便に恵まれていた。

私はホテルの名前が気になり、ホテルのフロントでこのホテルが小説家・ピエール・ロチに関係があるかと聞いてみた。受付の男性はピエール・ロチがフランスの作家であることを知っていたが、ホテルは１９３０年に創設されたもので、ロチとの関係はまったくないという。単に玄関前の道路にちなんで命名されたとのことであった。

旅の2日目

早朝、６時半から1時間ほどホテルの周りを散歩する。朝の空気は清々しく、人影もまばらで気持ちがよい。市の清掃人が道路や公園で作業している。この辺りは旧市街の中心で、石畳の街路はパリに似た風情があり、街中に小さなモスクや霊廟が点在している。近くの公園に行くと朝日に映えるブルー・モスクが目の前に見えた。そのスケールの大きさは今まで見たイスラムの街と比べものにならない。

朝9時、かねて依頼しておいたガイドとホテルのロビーで会う。イエタ（Yeter）という名前の30歳くらいの女性で日本語を話す。出身はトルコ中部の都市カイセリ近郊のユーズガットという村で、カイセリ大学日本語学科を卒業したという。日本語を学んだ理由を聞くと故郷の観光地カッパドキアにたくさんの日本人が訪れるのでガイドになろうと思ったらしい。彼女は、今、日本人旅行客のガイドで忙しいようだ。日本に来たことがあるかと聞くと、行くには遠すぎるとの返事。一緒にペアを組む運転手は名前をイジリスという50～60歳くらいの男性、彼は熱心なイスラム教徒のようで見学先のモスクで礼拝していた。彼が用意した車は16人乗りのワゴン車、私たち2人だけで使うには余りあるが快適であった、

私は予めガイドに旅行目的がロチの小説に記された場所をまわることにあると伝えておいた。彼女はロチの名前を知ってはいたが、小説は読んだことがなく、見学先も初めて訪れるところが多いという。しかし、感心なことに私が事前に渡した訪問先リストをよく読んで下調べをしてくれていた。今日、案内してもらうところは、ロチが住んだというエユップ地区と彼が訪ねたと

金角湾より旧市街の眺め、手前は第二ガラタ橋

いういくつかのモスクである。

ロチは小説で宵闇に浮かぶミナレット（モスクの尖塔）と金角湾を行き交うカユク（先端の尖った小船）の群が印象的であると書いている。

そこで私は、まず、金角湾を船で行き新旧市街を海上から眺めようと思った。このためガラタ橋のたもとにあるエミノニュ地区ハリッチ・ハトゥ桟橋から公共の連絡船に乗りエユップ埠頭まで40分ほどの船旅をすることにした。

午前9時半、気温20℃くら

（注2-5）金角湾（Haliç ハリッチ、英語でgolden horn ゴールデン・ホルン）とは、旧市街と新市街を分けてボスポラス海峡に開口する湾のこと、牛の角のように曲がっていることから命名された。この湾の水面は日没時に金色に輝くという。

いで微風。100人以上乗れる連絡船はガラガラで、数人の欧米人観光客を含む20人足らずの乗客しかいない。金角湾内は波静かで、水面にゴミはなく、異臭もしない。船からの眺めは素晴しく、旧市街には幾つものモスクとミナレット、対岸の新市街にはガラタ塔がはっきり見える。

この国は空港や街中で兵士の姿を見かけないが、湾内に潜水艦が浮かんでいた。湾の奥に向かって進むと日本企業が請け負ったという工事中の架橋（第二ガラタ橋）、さらに、その先のアタチュルク橋をくぐる。船は小説に出てくる地名のカスム・パシャ、フェネル、バラト、ハスキョイなどの桟橋に立ち寄った後、目的のエユップ桟橋に着いた。

私たちは小さな赤い瓦屋根の建物があるエユップ桟橋で十数人の乗客と共に下船した。

小説によればここはロチとアジヤデが住んだ場所であり、この桟橋でモスクの聖別式（剣を受け継ぐスルタンの就任式）に向かう皇帝の様子が挿絵に描かれていた。周囲は市内と比べまったくの田舎である。

（注2-6）ガラタ塔とは東ローマ帝国時代に建てられた監視塔で高さが67mあり、新市街のランドマークになっている。

私たちは畑の中の小道を10分ほど歩いてモスクの参道に出た。参道には塀で囲われた2～3人の聖人の墓所があり、また、信徒たちへの救貧活動のためにモスクが設置する給食施設があった。この施設の中に入ると台所に焼き上がったパン（バゲット）が20～30本山積みにされ、調理用の肉の塊が台の上に置かれている。地元の人たちがこれを受け取りに来ているので、聞くと食料はすべて無料で配布するとのことであった。

エユップの歴史は古く、この地にイスラム聖人・マホメットの教友・エユップ・エンサルの墓が見つかり聖地になったという。15世紀半ば、イスタン

エユップ桟橋

ブールを征服したメフメットⅡ世がモスクを建立したのが現在の「エユップ・スルタン・ジャーミー（モスクのことを現地語でジャーミーという）」である。

このモスクは格式が高く、歴代スルタンの聖別式が行われ、小説にもアブドゥル・ハミトⅡ世（１８７６～１９０９年）の聖別式の記述がある。また、小説によればモスクは白い大理石でできていてキリスト教徒は入ることも近づくことさえも許されず、モスクの四方は墓地に囲まれていたと書いている。

エユップ・スルタン・モスクのミナレット

（注2-7）エユップ・エンサル（アブ・アイユーブ・アル・アンサールの訛った名前）は、東ローマ帝国との戦いで紀元６７４～６７８年頃亡くなったと伝えられる。メフメットⅡ世が、たまたま夢のお告げにより彼の墓を発見したことで、ここはメッカ、エルサレムに次ぐ第３の聖地になった。モスクの建物は、１４５８年メフメットⅡ世の建てたものが地震で壊れたため１８００年セリムⅢ世が再建したものという。

私たちはモスクの入口で靴を脱ぎ、妻はスカーフを被って礼拝堂に入った。堂内の広さは１００坪ほどで天蓋にアラベスク模様が描かれ、数本のシャンデリアが下がり、床一面に赤い花模様のジュータンが敷き詰められている。今日は礼拝日でないため参拝者はまばらであった。

堂内にはメッカの方向に祭壇（ミフラーブ）があり、その隣に7段のスロープを付けた説教壇が置かれている。今も使われるのか知らないが、女性信徒の参拝専用という2階席が設けられていた。回廊の柱や天井にもアラベスク模様が施されている。

モスクに隣接して境内に聖人エンサルの墓・霊廟があり、一本の大木（チュナルと呼ばれる木）が立っている。この木の周りに霊廟から流れ出る聖水

エユップ・スルタン・モスクの入口

ロチの茶屋展望台

の水飲み場があり、参拝者たちが汲んでいた。境内を出ると広場があり、参拝者用の休憩所や祈祷書の売店が置かれている。ここは格式あるモスクというが、やや観光地化しているようだ。

次に、モスクを出てガイドの車でロチの茶屋（チャイハネ）に向かう。ロチが気に入り、そこで小説を書いたという茶屋は高台にあるのでロープ・ウェイで上らねばならない。乗場には20～30人の中学生と観光客が順番待ちの行列を作っていた。8人掛けのゴンドラで5分ほど、茶屋のある展望台に着く。目の前で大きく蛇行する金角湾を展望し、遠くに旧市街のモスクが見える。やや霞んでいたがすばらしい眺めであった。

茶屋は緑の茂みの中に数十のテーブルを並べた簡素な造りで、人々がトルコ式のチャイを飲んで休んでいた。ここにロチとアジヤデの写真や絵があると聞いていたので店の人に尋ねたが、まったく見たことがないと言う。探すのを諦め、軽い昼食をとり、再びゴンドラでガイドの車の待つ下の駅に戻った。

さて、小説によれば、ロチは新市街のペラ地区からイスタンブールの町外れの聖なる土地・エユップに引っ越そうと考えた。彼が一軒家を構えたエユップは、フェネルの船着場からカユクに乗り1時間、彼が勤務する軍艦ディアハウンド号の停泊地から2時間かかる田舎であったという。その辺りはトルコ人の居住区で絵のような光景が広がり、テオドシウスの城壁の中からやってくるジプシーや軽業師や熊使いが勢ぞろいするモスクの広場があると書いている。彼の家はこの広場に面し、船着場に近く、金角湾にはテラスから古サンダルを投げれば届く距離にあったという。また、彼の家はエユップのバラト地区のクル・チェシュメ通りにあり、ハタンキョウの樹の下にある大

（注2-8）チェシュメとは、現地語で「泉亭」を意味するという。

理石の泉亭の傍らにあったと書いている。

以上の記述から推測すると2人の家は、前記エユップ・スルタン・モスクの境内に接した広場辺りにあったと思われる。今もエユップの桟橋から歩いて10分程度と近く、ロチの好んだ茶屋に向け小高いところもあり金角湾を見下ろせる場所である。しかし、小説にあるクル・チェシユメ通りの名は現在残っていない。

当時、ロチ27歳、アジヤデ19歳、彼女はファティフ地区のハレムを抜け出し、この家でロチと一緒に暮らしたらしい。

小説に出てくるバラト地区は、テオドシウス帝が築いた金角湾まで続く城壁（テオドシウスの城壁）が終わる場所で

テオドシウスの城壁

あり、今も城壁の残骸が残っている。

この地区には元々、ギリシャ人が多く居住していたが、１９６４年の強制集団退去により、代わってトルコ人が移住したという。小説には、この街で祝うギリシャ正教によるクリスマスの様子が描かれている。

バラト地区の街並み

（注2-9）「バラト」とはビザンチン時代のブレイクヘルナイ（パラス）が訛った地名という。バラト地区の南にあるフェネル地区はビザンチン時代のファナリオンが訛った地名で、金角湾に至るテオドシウスの城壁の内側だが、一部にバラトの地名が残る（後述のスジャディン・モスクの地番参照）。

ガイドの運転手に頼み、ロチがさまよったというバラト地区の路地を走ってもらった。そこは簡素な木造家屋が並び、狭い街路に洗濯物が翻り、生活臭あふれる庶民的な街である。何となくギリシャ人街の面影を感じないわけでない。この辺りにはロチが訪れたいくつかのモスクがあり、小説にモスクの名前は出てこないが、私は地図に載っているそれらしい2つのモスクに連れていってもらった。

まず、バラトの街中に埋没するような小さなモスク、ジャービル・ジャーミーを訪ねた。普通の民家の戸口と見まがう玄関に、「HAZRETI CABR（ジャービル）CAMII（ジャーミー）SEQIFI」と書かれた表札がある。礼拝室を覗いて見たがモスクとはいえないほ

ジャービル・ジャーミー

ど狭く、薄暗く何も見えない。玄関脇の空地から建物裏手に回ると小規模ながら赤レンガのドームと尖塔（ミナレット）がある。いずれも補修されずに放置されてきたため崩れかけている。ドームの壁に「イスラムの日時計」が刻まれていた。この建物は旧ローマ帝国時代に教会として造られ、後にモスクに転用されたものらしい。

次に、湾岸に近い緑地の中に立つスジャディン・モスクを訪ねた。表札に「YUSUF SUCAEDIN（スジャディン）MOSQUE」とある。2階建ての建物にドームはなく箱型の平屋根、規模は民家を少し大きくした程度だが、ミナレットが1つある。2階の礼拝室に入ると壁面

スジャディン・ジャーミーの礼拝室

に青いタイルが張りめぐらされ、天井からシャンデリア2基が下がった20〜30坪の美しい部屋であった。

建物の玄関にモスクの由来記が掲げられていた。これによれば、モスクの位置はバラト地区のイスケルジ通りである。モスクはファティフの学者ユスフ・スジャディンと行政官イスマエル・エフェンディにより建設されたが、建設の日付は不詳としている。１７６６年と１８９２年の二度の修復によりオリジナルな形は失われ、１８９７年には金角湾岸が開発されたため現在地に移ったという。なお、ここを訪れる信者は平日で20〜25人、礼拝日の金曜日には１４０〜１５０人と書かれていた。

モスクを出て、近くのカーリエ博物館を訪ねる。この博物館は崩れたテオドシウスの城壁のすぐそば、１４５３年5月24日、オスマン・トルコのメフメットⅡ世が城壁を破りコンスタンチノープルに侵入した場所＝エディルネ門の東にあたる。

5世紀初めに建てられた博物館の建物は、元々、ギリシャ正教のコーラ修道院であった。ちなみにカーリエ（コーラ）とは郊外を意味する。王宮があった旧市街からみて郊外に位置するからだろう。

この修道院には、11世紀、東ローマ帝国の重臣・テオドール・メトキテスにより後期ビザンチン時代のモザイク画が集められた。しかし、オスマン帝国になった後、モスクに改修されたため、聖母マリアやキリストのモザイク画は漆喰で塗り込められたが、20世紀になり再び発見され復元された。ドームや回廊に描かれた鮮やかな色彩の壁画は一部破損しているものの芸術的評価は高いといわれ、私にとって貴重な見学となった。

カーリエ博物館（外観）

次に、運転手に頼み、小説に記述のあるモスクを車でまわってもらった。セリムⅠ世モスクは広大で、多くの黒衣の女性信徒が参拝していた。このモスクは1522年、旧市街7つの丘の1つに建てられたもので、入口に「YAVUZ SULTAN SELIM（セリム）CAMII（ジャーミー）」と記してあり、モスクの前庭から金角湾を一望できた。

次に訪れたスルタン・メフメット・ファティフ・モスクは、小説でロチが「給料なしの召使」と呼ぶ友人・アフメットと好んで時を過ごした場所という。2人は灰色の大柱廊で陽を浴び、寝そべって夢を追ったと書いてある。アフメットは、ロチとアジヤデの密会を助けたトルコの若者で、2人は親友になり、イスタンブール市街をあちこち歩きまわったという。

モスク境内には植え込みとベンチがあり、私はそこで一休みした。一隅にメフメットⅡ世とその妻（ギュルバハル）の霊廟があると聞いていたが、あいにく修復工事のためフェンスで覆われ見ることができなかった。このモスクも旧市街7つの丘の1つに建てられたものである。

（注2-10）このモスクは、1470年、メフメットⅡ世が建設費用を私費で賄い、ミマール・スィナンに建立させたものという。1766年の大地震で倒壊し、1771年、ムスタファⅢ世が再建した。なお、ファティフとは「征服者」を意味し、モスク前の広場にはメフメットⅡ世像がある。また、7つの丘とはローマの7つの丘を模したもののようである。

モスク周辺のファティフ市街は、最もムスリム・トルコ的な街区であると小説に書いている。確かに、建物が立て込み、道路は入り組み、車が混雑していた。しかし、私たちの運転手は運転がうまく、さすが細かい道路事情もわきまえていた。

イスタンブールの街は車の渋滞が激しい。路傍駐車は当たり前で、狭い道で後続の車がつかえるのを気にしないで荷物の積み下ろしをしている。道路の交差点に平気で駐車するのであとから来た車は

メフメット・ファティフ・モスク

ヴァレンス水道橋

曲がれない。他方、自転車を見かけない。坂の多い街なので自転車は使いにくいのだろう。

この日、主要な道路の上に横断幕のような形でトルコ国旗が飾ってあった。ガイドに聞くと、昨日、5月29日はメフメットⅡ世がこの国を征服しイスラム化した記念日だからという。

これで今日の予定は終わり、ホテルに向かうが、道路の渋滞のおかげで、途中、ヴァレンス水道橋をゆっくり眺めることができた。

（注2-11）ヴァレンス水道橋は4世紀後半に建設された高さ20ｍの2階建アーチ構造の水道橋で、現在、長さ800ｍほどが遺跡として残っている。

旅の３日目

午前中、ガイドの車で金角湾の橋を渡り、新市街の北にあるハスキョイ地区に行く。地名に「キョイ」という言葉が付けられるが、これは「村」という意味らしい。今日はハスキョイ地区で小説にアジヤデの墓があったというカスム・パシャ墓地とユダヤ娘のレベッカが住んでいたというピーリー・パシャ地区を訪ねることにした。

ピーリー・パシャの旧ユダヤ人街を車から見る。新しい家が多く、清潔な印象を受けたが、語るべき特徴を捉えることができなかった。小説は、この地区にユダヤ人が多く住んでいたと記すが、第２次大戦後、イスラエル建国に伴いほとんどが移住したという。丘陵の斜面に無数の白い墓標が見える。ユダヤ人墓地が多く残されているようだ。

日本のガイドブックに書いてあるピーリー・パシャ公園に行こうと運転手に頼んだが、案内してくれたのは旧ユダヤ人街にある小さな児童公園、この辺りに他の公園はないそうだ。湾岸に芝生の緑地を目にしたので行ってみたが、カフェひとつなく無人の売店と船着場に数台のボートが係留されているだけ。私たちは売店のパラソルの日陰で休憩し、しばらく金角湾を眺めて引

カスム・パシャ墓地内の参道

き返した。

次に、カスム・パシャ墓地に向かう。墓地正門で運転手が守衛と話して扉を開けてもらった。この墓地は市営のため植栽の管理や清掃が行き届いている。当初はギリシャ正教徒の墓で、のちにユダヤ教徒やイスラム教徒の墓が加わったという。今ではイスラム教徒の墓がほとんどを占めている。

小説によるとロチは一旦帰国した後、露土戦争が始まるとトルコ軍に志願し、1877年6月、再びイスタンブールに戻る。彼は焼け落ちたフェネルの街でアジヤテの死を知り、カスム・パシャ墓地の中に彼女の墓を探しあて墓参する。小説で彼は、その後、1878年初めアルメニアのカルスで行われたロシア軍との戦闘で戦死することになっている。しかし、現実の話として、ロチはアジヤデの墓の埋葬品をフランスの自宅に持ち帰り、今、ロッシュフォール市の博物館になった彼の家に展示している。

さて、カスム・パシャ墓地は広大である。正門から丘の上に向けて木立に覆われた参道が一直線に伸び、両側の緩やかな斜面に何千もの墓標が林立している。墓標は日本の墓石と違い横長で白い石版である。ほとんどの墓標に「○○○ Ailesi」と記してある。ガイドに聞くと Ailesi とは Family（家族）の意味という。建立年月日をみると比較的新しく、1900〜2000年頃のものが多い。多くの墓には国の花である赤いバラが植えてある。

私は参道を500mほど歩いてみた。苑内に人影はなく野良犬が一匹歩いているだけ、ただ、森閑とした中で、墓前に佇み物思いに耽る1人の婦人

（注2-12）オスマン・トルコは、クリミア戦争（1854年）でイギリス、フランスの協力を得てロシアの南下を阻止し、ロチがイスタンブールに滞在した1876年当時、バルカン半島の大部分（今のギリシャ、マケドニア、ブルガリア、ルーマニア、ボスニア・ヘルツェゴビナ、セルビア・モンテネグロ等）を支配していた。しかし、これらの地域では民族自立の気運が強く叛乱が相次ぎ、その動きに呼応してロシアは再び南下の圧力を強める。1877年、トルコは英仏と連携できないまま単独でロシアと開戦（露土戦争）して敗れ、マケドニアを除くほとんどの領土を失うことになる。

ところで歴史は繰り返

カスム・パシャの墓標

の姿が印象に残った。ガイドによれば墓地を訪れる観光客は居らず、ガイドもここに来たのは初めてという。私が散策している間、ガイドは守衛にアジヤデの墓について尋ねたようだが、まったく知らないと言われたらしい。

　この地区は墓地が多く、市内アジア側のウシュクダル地区と並ぶ最大の墓地区域で、ロチも「おびただしい死者を抱えた土地」と記している。

されるようで、私がこの旅をした翌年、２０１４年、ロシアはクリミアの属するウクライナを侵略し、クリミアを占領するとともに同国東部の親ロシア派勢力を支援し、ウクライナからの分離独立を画策している。これに英米、ＥＵ諸国が反発し、現在、関係国間の緊張状態が続いている。

（注2-13）後日、ロチが実際にアジヤデの墓を探し当てたのはカスム・パシャ墓地でなく市内のトップ・カポン墓地であったという。ちなみに、日本にも住んだドイツの建築家ブルーノ・タウトが眠っているのは、エユップの南にあるエディルネカプ墓地である。

このあと私たちは昼食とショピングをするため新市街に向かった。新市街はヨーロッパ人の居留地として発展したところなのでモスクの姿はなく、多くのオフィスビルや事務所が並ぶ。ここは昔ペラ地区といわれ、ロチもイスタンブールに来た当初、短期間ここで暮らした。小説に「ペラの高台にあるタクシム界隈は賑やかで、果物売りが大声を上げていた」と記されている。

（注2-14）ペラとは現地語で「向こう岸」の意味という。今、タクシム広場は新市街の中心となる場所で、トルコ共和国建国のモニュメントが立っている。

車から見る新市街は雑居ビルが建て込み路地は人々であふれている。道路に工事中の箇所が多く、特に、タクシム広場付近では大きな工事をしているようで私たちは広場の外側を迂回した。

昼食はタクシム広場の北に広がる緑地公園の外側、ニシャンタシュ地区のレストランでとった。この地区は極めてモダンな街で東京なら青山・表参道辺りのようなところである。私たちの入ったレストランもトルコ料理でなくヨーロッパ風の献立であった。近くのスーパー・マーケットに寄り、ワインと菓子を買ったが、店内の品揃えはパリと同じである。

ところで、このマーケットの前の交差点でヘルメットを付けた4～5人の警察官が、通行する若者たちを呼び止め手荷物検査をしていた。なんとなく穏やかならぬ雰囲気なのでガイドに尋ねると、今日、タクシム広場でデモが予定され、警察が参加者を検問しているとのことである。デモは、緑地公園をつぶし大型ショピング・モールを建設しようとする計画に反対して行われるらしい。これを規制しようと警察の装甲車、放水車が目立たないように道筋に置かれていた。

タクシム広場から南に伸びるイスティクラル通りは、新市街のシンボルで、東京なら銀座通りに相当する。約2㎞にわたり商店街が続くプロムナードが

イスティクラル通り

あり、私たちもここで買物をするつもりであった。車両の進入が禁止されているので車を離れ、この通りの中ほどのところからタクシム広場の方に歩き始めた。もうすぐ広場にたどり着くあたりで急に騒々しくなり、広場から人々が逃げ帰って来る。商店が慌しくシャッターを閉め始める。ガイドがここにいては騒動に巻き込まれ危険だというので私たちは買物をあきらめ、足早に引きあげることにした。

新市街から引きあげる途中、金角湾に架かるガラタ橋を徒歩で渡った。デモの影響はここまで及ばないので、人々はのんびり釣り糸たれている。魚篭の中をのぞくと吊り上げた魚は小さな雑魚ばかり、ここで釣りをして時間を過ごすことに意味があるようだ。

さて、２０２０年のオリンピック開催地招致について、今、この街と東京が競っている。東京は招致運動で盛り上がるが、この街には不思議なことに招致推進を感じさせる雰囲気はない。人々の話題にならず、テレビも取り上げていないようだ。招致の横断幕は、唯一、このガラタ橋で目にしただけである。

ホテルに帰りテレビを点けると、デモ隊と警官隊の生々しい衝突を映している。このまま今回のデモ騒ぎが拡大すれば、この街はオリンピックどころではなくなるだろう。
その後、この騒動は反政府運動としてトルコ全土に波及し、規模や激しさを増していった。帰国後1週間経ち日本の新聞やテレビもようやく大々的に報じるようになった。

旅の4日目〜6日目
旅の後半3日間は市民デモの影響のない旧市街の観光施設めぐりをする。旧市街の中心部・スルタナメット地区は東西2㎞ほどの範囲に主要な観光施設が集まっている。これからはガイド抜きで見学することにした。
私たちが見たのはアヤソフィア博物館、トプカプ宮殿、スレイマニエ・モスクとブルー・モスクであり、その後、ボスポラス海峡のクルーズをして、旧市街のグラン・バザールも覗いてみた。
これらはすべて通常の観光ルートで小説に関係がないため、ここでは詳細を省き、若干、気づいたことのみを記す。

旅の4日目にみたアヤソフィア博物館はホテルから歩いて15分、博物館なのでチケットを買うのに15分ほどかかった。チケット売り場に並んでいる人々の顔を見ると東西各国の観光客が訪れる国際観光施設であることがよく分かる。

アヤソフィアは混雑が激しく、建物内部も暗く、内装工事のため足場が組まれていて充分鑑賞できないまま、隣にあるトプカプ宮殿に向かった。

この宮殿も入場チケットを買う。幾つかの門をくぐって中庭を抜け、行列のできた多くの展示室をまわるので疲れた。しかし、宮殿敷地の端にある庭園から金角湾、ボスポラス海峡、マルマラ海の三方を眺め渡すことができ素晴らしい。日差しが強く、芝生にある木蔭のベンチで休んでいると爽やかな風が吹いて来る。私たちの隣にアラブ人の親子が座っていて、12～13歳の娘2人がスズメに餌をやって遊んでいた。長閑な景色である。宮殿の庭には、国の花であるバラとカーネーションとチューリップが植えられていた。しかし、カモメとカラスと野良猫も多い。ちなみに、こちらのカラスは黒とベージュのツートンカラーである。

（注2-15）アヤソフィアは紀元537年、東ローマ帝国ユスティニアヌス帝により建立された聖ソフィア教会である。ギリシャ語で「聖なる神の叡智」の意味をもち、東ローマ帝国の象徴、ギリシャ正教の総主教座としてカソリックのヴァチカン・サンピエトロ教会と対峙した。しかし、オスマン・トルコによるコンスタンチノープル陥落ののちは、主教座を聖ゲオルギオス教会に引き継ぎモスクになった。地上54m、直径33m×31mの大ドームは、当時、キリスト教世界で最大規模のものであったが、モスクになったあとミナレットが付設され、1934年以降、非宗教施設として博物館になっている。

スレイマニエ・モスクの天井

次に訪れたスレイマニエ・モスクは雄大であった。建築家ミマール・スィナンの作という大ドームの周りに数多くの小ドームが配され、ミナレットや回廊の柱は太く高く、中庭は広い。堂内は、最近改修されたらしく明るい。ドーム天井に描かれたアラベスク、壁面アーチの縞模様、色彩を施した採光小窓、いずれも鮮やかである。今まで見たモスクの中で際立っていた。

（注2-16）トプカプ宮殿は、1460年頃メフメットⅡ世が建立した豪華な政庁兼居宅であり、併設の宝物館に86カラットの巨大なダイヤのほか数々の美術品が展示されている。なお、宮殿の名称であるトプは大砲、カプは門を意味するという。

（注2-17）スレイマニエ・モスクは建築家ミマール・スィナンの代表作、第7代スレイマンⅠ世の1557年に建立された。ドーム直径は27.5ｍでアヤソフィアのドームに次ぐ。なお、彼の作ったこれを超える大きさのドームは、ギリシャ国境近くのエディルネの町にあるセリミエ・ジャーミーという。

ブルー・モスク

次の日（旅の5日目）に見たブルー・モスクはアヤソフィアと向かい合って立つ瀟洒な建物である。ホテルから歩いて10分もかからない。あいにくの雨模様だが大勢の観光客が押しかけ、堂内は大混雑である。日本の団体客もいて日本語の会話が飛び交っていた。

宮殿や博物館は別だが、宗教施設（モスク）に入る時、女性の見学者はスカーフを着け、肩や足

（注2-18）通称ブルー・モスクと呼ばれるスルタン・アフメット・ジャーミーは、1609年スルタン・アフメットⅠ世が建立したもので壁面タイルがブルーなのでブルー・モスクという。珍しく6基のミナレットを持っている。

を覆わなければならない。ブルー・モスクで注意と制止を無視して入ろうとした異教徒？　の女性客が手錠をもった係官に取り押さえられていた。

午後、雨が止んだのでボスポラス海峡のクルーズに出かけた。出発まで時間があるので昼食をとるためガラタ橋のたもとにある船着場付近を歩いた。この辺りの商店やレストランは人々で賑わっている。名物の鯖サンドの香りが食欲を誘うが胃にもたれそうなのでパスし、エジプシャン・バザールの2階にあるレストランに入った。バザールの建物は植民地時代の面影が濃く、内部にはジュータンや民芸品、アクセサリーを扱う店が多い。私たちが入ったレストランは女優・オードリー・ヘップバーンが利用したというシャレた店で彼女の白黒スナップ写真が飾ってあった。ここで食べたのはグリーンピースのサラダ、ほうれん草のムニエルとトルコの焼肉ケバブ、いずれもヨーロッパ風の味付けで食べやすかった。

さて、私たちの乗ったクルーズ船は空いていて快適であった。向かいの席にはフランス人マダムの2人連れ、パンフレットを見ながらさかんに写真を撮っている。船はドルマバフチェ宮殿を眺めながらボスポラス大橋をくぐり、

（注2-19）ボスポラス海峡の全長は32㎞、海峡の幅は最も狭いところは僅か660メートルにすぎない。昔から軍事面、交通面の要所であり、2つの砦、ルメリ・ヒサル（1452年メフメットⅡ世時代）とアナドル・ヒサル（1396年バヤズィトⅠ世時代）が築かれ、2つの橋、ボスポラス大橋（1973年建設）とメフメット大橋（第2ボスポラス大橋、1988年に建設されたもので日本企業が受注した）が架かっている。

海峡の両岸には宮殿、離宮や別荘邸宅が並ぶが、代表的な建物は新市街の麓にあるドルマバフチェ

ボスポラス大橋

昔の砦（監視塔）であるアナドル・ヒサル、ルメリ・ヒサルを過ぎ、メフメット大橋の先でUターンして帰った。もう少し先に行くと黒海に出る。

ボスポラス海峡は橋が架かるくらい狭く、しかも、黒海からマルマラ海を経て地中海に通じる唯一の水路なので関係国の軍事的利害が絡む場所である。小説でロチはこの海峡の守備にあたるためフランスからイスタンブールに派遣された。しかし、小説に守備に関す

宮殿である。この宮殿は、トプカプ宮殿に代わる宮殿として1853年アブドゥル・メジドI世が建立した西欧風の建物である。なお、ドルマバフチェとは埋め立て庭園の意味という。

る記述はない。

クルーズを終えて下船した桟橋近くにある鉄道のシルケジ駅はレンガ造りの重厚な建物である。1883年に開通した「オリエント急行」はパリの東駅（ストラスブール駅）を起点に終点はこのシルケジ駅まで走った。当時、オリエントに憧れたヨーロッパの人々にとって夢の列車であったという。作家・アガサ・クリスティがミステリー「オリエント急行殺人事件」を執筆したのはイスティクラル通り沿いにあるホテル・ペラ・パレスだが、私たちは今回のデモ騒ぎで見ることができなかった。

さて、イスタンブールは字義どおり「イスラムがいっぱい（イスラム・ボル）の街」である。この国は人口の99％がイスラム教徒という。イスラムの街であることは早朝、深夜に流れるアザーン（祈りの呼びかけ）の響きにより嫌でも気づかされる。イスラム教徒は日に5回の祈りを捧げなければならないそうで、その時間は夏季と冬季により違いがあるが、夏季の今なら朝一番は午前4時、夜最後は午後10時ということである。イスラム教徒にはこの礼拝のほかラマダン月の断食、メッカ巡礼など守らなければならない決まりが５つあるという。しかし、戒律の厳しさの割に彼らは陽気に見える。逆に、厳しいからこそ、陽気に振るまうのかもしれない。

街を歩く人々の服装もイスラム色が強い。女性はほとんどがスカーフをつけ、２割程度が頭からクルブシまで衣装で包んでいる。モスクでは１００％皆黒服、黒尽くめでよくまあ暑くないものと感心する。

街を歩いて気づくのは、こちらの人はよく食べる。歩きながらアイスクリームやパンを食べている。黒い服で食べ歩きしている姿はなんとなくそぐわない。当然、太った人が多い。黒のダブダブの衣装は身体の線を隠すが、肩や腰の様子から太り具合の想像はつく。若い女性の服装も長めで、日本のようにショートパンツ姿は見かけない。

この街の人は日本人に悪い感情を持っていない。私たちが街を歩くと「コンニチハ」と声がかかる。どうして日本人と識別できるのか不思議である。中には流暢な日本語で自分は東京に行ったことがあるとか、先日、安倍首相がトルコに来たなどと話しかけてくる人もいた。

イスタンブールのトラム

旅の最終日、6月3日の夕方、来た時と同様、トラムと地下鉄を乗り継ぎ空港に向かった。今回の旅は短かったが、イスタンブールのスケールの大きさと人々の親しみやすさが印象に残った。この国の政治事情はよく分からないが、今回のデモ騒動が悪い結果を生まないことを願いつつ、日本への帰路についた。

第3章　タヒチの恋人（Tahiti）

ストーリー

小説『ララフ（ロチの結婚）』は、南国の楽園・タヒチの穏やかな自然の中で展開するロマンスである。主人公・ロチはイギリスの海軍将校として描かれているが実は作者自身である。この物語に過酷な自然や軍の戦闘場面はなく、ロチとその恋人・ララフに強烈な個性は認められない。

１８７２年１月、軍艦レンディア号でタヒチに来た彼は、タヒチの友人や同僚立会いの下で命名式を行い熱帯の花にちなみ自分の名前を「ロチ」に改める。小説によれば、ロチ（22歳）はタヒチを統治するポマレ王朝のあった都・パペーテに住み、懇意になったポマレ女王の仲介で若いマオリ族の女性・ララフ（15歳）と結婚する。

ララフはサンゴ礁の島・ボラボラ島で生まれたが、幼くしてタヒチ島に連れてこられ親戚の老婆の下に預けられた。彼女はパペーテ郊外のアピレ地区に住み、ある日、ファタウアの小川で水浴びをしていたところ、偶然通りかかったロチが彼女を見かけ、その神秘的な野性味に魅せられる。彼女は小柄

（注3-1）小説『ララフ（Rarahu）』は発表後、題名を『ロチの結婚』と改める（１８８０年）。この物語のストーリーは単調だが、当時のヨーロッパでは想像し得ないおおらかな楽園生活を美しい自然描写を交えて紹介したので評判になった。なお、この小説が出た頃からピエール・ロチの名がペンネームとして使われるようになる。

（注3-2）現実の話、ロチがタヒチを訪れたのは１８７２年、彼が22歳の時で約２ヶ月間滞在した。彼は若く、マオリの女性

で褐色の肌、褐色の目、細くて短い鼻、硬く長い黒髪をもち、ポリネシア特有の優美さを備えていたという。結婚当初、２人は離れ離れに住んでいたが、やがて彼女の養親が亡くなり、王宮の裏手に建てた小屋を新居として一緒に生活する。ロチは独自にマオリ語を学び、王室関係者や現地の人々と意思疎通がはかれるようになる。また、ララフは女王の侍女となり、ロチと暮らし始めてから聖書を読んで神を信じるようになる。

　２人の結婚生活はロチが軍務でタヒチに滞在する間の短いものであったが、ファタウア川での水遊び、山や湖へのハイキングで豊かな自然を満喫する。小説には、ポリネシア神話が伝わる山奥の湖・ヴァイヒリアでのキャンプ、女王と一緒にモーレア島に渡って参加した神殿行事、ファタウア川を遡って見た銀色の滝、オロヘナ山から眺めた白いサンゴ礁とオセアニアの島々など美しい自然描写が並ぶ。

　この間、ロチは搭乗艦でハワイ、サンフランシスコに10ヶ月間航海し、また、かつてタヒチに派遣されていた彼の亡き実兄の現地妻と子供を探すためモーレア島に行く。

　やがて来た２人の別れはララフにとって悲しみの極みであったが、ロチは

たちから愛され、ロチという名前をもらった。小説は15歳の少女・ララフと結婚する設定になっているが、ララフという特定の女性は存在しなかったようである。なお、15歳の少女との結婚は今の日本では考えられないが、１８７０年代・明治時代にはよくあった話らしい。なお、ロチが慕っていた兄は海軍軍医としてタヒチに赴いたのち航海中病死した。小説で彼が兄の遺児を探し歩いたというのは本当のことらしい。

運命と割り切り、ファタウア川で最後の別れをしてタヒチを離れる。ロチと別れたララフは王宮を去り、間もなく以前から感染していた肺病を悪化させ、失意のうちに18歳の若さで亡くなる。

後日、この話をヨーロッパで聞いたロチは、死にそうな寒気が心にわき上がって目がかすみ、ララフを思い何とも知れない許しと償いの気持ちにさいなまれる、というところで小説は終わる。

【参考図書】

ピエール・ロチ著『ロチの結婚』（黒川修司／訳・２０１０年11月30日刊・水声社）

Pierre Loti : Le marriage de Loti : Rarahu（2e éd.）（Éd.1880）Hachette Livre（BnF

私の見た風景

旅行日
2012.10.20
~ 10.27

ピエール・ロチの小説『ロチの結婚（ララフ）』の風景を求めて南国・タヒチに旅をした。

旅の1日目

成田空港からタヒチまで約11時間、直行の飛行機は週2便しかない。搭乗した機内の乗客は客席の6割程度で空席が目立つ。乗客の多くはハネムーンのカップルやマリン・スポーツが目的の若者たちで、年寄りの私と妻はなんとなく場違いな感じがする。タヒチ上空に来ると紺碧の海に浮かぶ白いサンゴ礁に囲まれた緑豊かな島々が見える。まるで真珠のアクセサリーのように

（注3-3）私がタヒチについて懐いていたイメージは3つ、第1に「美しい楽園」、第2にキャプテン・クックが発見するまで知られなかった「ミステリアスな世界」、第3に核実験が行われた島のある「フランスの植民地」である。

美しい。

ファアアという名前の空港に着いてタラップを降り、歩いてターミナル・ビルに向かう。外気は生暖かく気温は27～28℃、曇りがちでやや湿気がある。ここに四季はなく、雨季と乾季のみ、10月末の今は雨季の始まる時期らしい。この空港は便数も少なく日本のローカル空港に似ている。ターミナル・ビルの入口でタヒチアン・ダンサーが出迎え、「ティアレ（Tiare）」という花のレイを首に掛けてくれた。香りの強いこの生花は、タヒチ滞在中、ホテルのベッド、レストランのテーブルなどのアクセサリーとして至るところで目にした。

とりあえず迎えのバスでパペーテに向かう。この町は仏領（フレンチ）ポリネシア14島の首都で人口は約2万6千人、フランスの高等弁務官が置かれている。

町の中心部は港に面して広がる。繁華街には、3～4階建ての雑居ビルが並ぶが、高層の建物はない。交通量は多いが、道幅は狭く舗装も傷んでいる。食料品、衣料品、土産物を扱う商店が多く、銀行やツーリストはあるが、近代的なショッピング街やビジネス街は見当たらない。大型リゾート・ホテル

（注34）現在、タヒチはフランスの海外県である。国防、司法、通貨、移民事務等はフランス政府が行い、このためパペーテに高等弁務官が置かれている。その他の地方行政、初等教育等の事務は自治政府に任されているという。

ホテルからの眺め

は郊外に立地するようだ。同じ太平洋の観光地ハワイ・ホノルルのモダンな街並みと比べるとはるかに素朴な感じがする。

パペーテ郊外にある私たちのホテルは、海岸近くのヤシ林の中に建っていた。後背地に民家が点在する山が迫り、前面は白砂のプライベート・ビーチで、海を隔てた正面にモーレア島が見える。

ホテルの庭に白い花をつけた樹が生えている。名前を聞くと「マルマル」と呼ばれる合歓木や「ティファニエ」

と呼ばれるプルメリアの木という。ここではハイビスカスやブーゲンビリアも人の背丈を超えて大きく育ち、バナナやヤシも実をつけている。

青い海と緑の山、至るところに咲く花と実る果物、年間を通して温暖な気候に恵まれたこの地は楽園と呼ばれるに相応しいが、都会の利便さに慣れ親しんだ私たちには、この自然に馴染むのにいささか戸惑いを覚える。

ホテルから市内に行くにはバスで30分ほどかかる。ホテルの周囲に店舗やレストランはないが、1kmほど離れたところにカルフールというフランス系ショッピング・センターがあった。

ホテルの庭から・正面の島はモーレア島

旅の2日目

今日は日曜日である。市内に出かけようとホテル近くの路線バス乗場で1時間余り待つが一向に来る気配がない。あとで聞くと日曜日にバスは運行しないらしい。諦めてこの日はカルフールで買物をしてホテルに戻って休むことにした。

部屋のベランダに出ると野鳥のさえずりが聞こえる。また、山の上の方から軽やかな太鼓のリズムが聞こえる。単調な繰り返しの曲、ポリネシアの音楽らしい。この地の人々は陽気で楽天的のようだ。それが楽園の原点なのだろう。

夜、ベランダから星空を眺める。オリオン座が大きく見えるが、南十字星は分からない。放し飼いにされたニワトリが夜なのに時の声を上げている。あとは犬の遠吠えしか聞こえない静寂の世界。

旅の3日目

明けて月曜日、今日は公共機関も店舗も営業している。ホテルのシャトルバスで市の中心部まで送ってもらい、まず、公営のツーリスト・オフィスを訪ねる。小説に書かれている場所を訪ねるには如何したらよいかを調べなければならない。

　ポマレ女王の王宮と主人公ロチが住んだのはパペーテ地区、ヒロインのララフが住んでいたのはピラエ地区という。ロチとララフがハイキングに出かけたオロヘナ山、ヴァイヒリア湖や島の反対側にあるパペアリ地区とタラヴァオ地区、また、ロチが女王と一緒に船で行ったモーレア島のアファレアイトゥ地区、同島でロチの亡き兄の遺児を探したテアハロ地区、パペトアイ地区など小説には多くの地名が書いてある。

　これらの場所に果たして行くことができるのか。調べてみると、この島は道路が未整備で交通の便に恵まれないため山や湖に行くには密林の中を進まねばならない。私たちは時間と体力に限界があるので見るところを限定し、とりあえず島の周回道路で行けるところを見ることにした。このため、まずパペーテ近郊のピラエ地区を訪ね、そのあと船でモーレア島に行ってみることにした。


　ツーリスト・オフィスを出て、明日のモーレア島行き乗船券を買うためチケット売り場を探し、海岸通りを歩くとフランス海軍の施設が並んでいる。道に迷い、通りかかった水兵に尋ねると丁寧に教えてくれた。乗船券を買ったあと市内を散歩する。ここは道路標識もレストランのメニューもフランス語である。

道で出会う人々は、ほとんどマオリの現地人である。男も女も太った人が多く、裸足かビーチ・サンダルで歩いている。また、老若を問わず刺青をしている人が目立つ。

ツーリスト担当者に、この島のタヒチ人とフランス人の人口割合を尋ねるとタヒチ人はすべてフランス国籍をもつフランス人であるとたしなめられた。後日、海外事情に詳しい友人に話すとその質問は禁句といわれた。海外領土を持たない日本人の感覚では気づき難いことである。

昼食のためレストランを探して歩くが適当な店がない。目につくカフェで人々がサンドイッチのようなものを食べているがあまり美味しそうに見えない。夕方になれば港に沿った広場に屋台村が開き、いろいろな料理が食べられるという。その屋台は、日本の観光ガイド・ブックにも載っていて、味がよく、価格は安く、衛生的であると褒めていたが、残念ながら昼間は開いていない。私たちは、同じガイド・ブックが推奨する中華料理店を訪ね、焼きそばと春巻を食べてみたが、いずれもベトナム風で油味が強く、今ひとつであった。ただ、その時飲んだ地元産のヒナノ・ビールは、日本のビールに似た淡白な風味なので気に入った。

昼食のあと、市街の中心にあるカテドラル周辺を散歩する。カテドラルは、ロチがこの島に滞在した当時の1875年に建てられたそうだが、尖り帽子をつけたクリーム色の建物はオモチャの教会のようで古さを感じさせない。カテドラル広場から港に伸びる道は「ジャンヌダルク通り」という名で、そこにはブティック、レストラン、土産物店が並び、観光客相手に当地名産の黒真珠を売る店が目立った。街を歩いていると「コンニチハ」と声がかかる。私たちの姿は一見して「日本人」と分るらしい。

カテドラル

この通りから一筋横に入ると公設のマルシェ（市場）がある。マルシェは野菜、果物、魚介類、パンや菓子、衣服、土産物の装飾品、雑貨から自転車まであらゆる品物を扱っている。特に印象に残ったのは切花で南方独特の色鮮やかな花束がたくさん並んでいた。

ブーゲンビル公園

港に沿ってバスの走る幹線道路（ポマレ大通り）に面したブーゲンビル公園に行ってみた。この公園にはパンの木（テュムウル）など珍しい熱帯植物が植えられ、池には睡蓮の花が咲いていた。公園の名は、18世紀、この島に寄航したフランスの探検家に由来し、彼の胸像が園内に立っている。また、第1次世界大戦当時、ドイツと戦ったフランスの

（注35）１７６８年にフランス人のブーゲンビルが西欧人として初めてタヒチに上陸したという。１７８８年には「バウンティー号の反乱」で知られるブライ船長がパンの木を求めてタヒチに来ている。

砲艦から移したという黒い鋼鉄製の大砲が二門、海に向けて据え付けてあった。

この2日後、島を一周してから再びここを訪れると大砲の隣にしつらえた仮設舞台でロボット・ダンスのコンテストが催されていた。数十人の若い男女が歓声を上げているのを見ると時代の変化を感じる。


この公園の奥に広がる緑の茂みの中に高等弁務官公邸とポリネシア議会がある。

高等弁務官はフランスの元植民地総督の立場を引き継ぎ、議会は一定の自治が認められたポリネシアの五つの島から選出された代議員で構成されるという。いずれの建物も鉄柵のフェンスに囲まれ入ることはできない。柵越しに覗き見た奥深い敷地は、昔のポマレ王宮の跡地という。小説に登場する女王・ポマレ四世はここに住み、敷地の奥の方にある泉で毎日水浴びをしたという。

パペーテ市役所

女王の侍女であったヒロイン・ララフもここで生活したに違いない。
なお、現在のパペーテ市役所、そのコロニアル調の３階建て庁舎はポマレ女王の宮殿を模したものという。赤い瓦屋根に時計台のある庁舎とその前に広がる緑の芝生、紅いブーゲンビリアのコントラストが美しかった。

さて、小説によれば幼いララフはアピレ地区を流れるファタウア川のほとりにある養母の小屋で育った。彼女は毎日、幼友達のティアウイと連れ立ってこの小川で水浴びをしながら歌を歌い、ミモザとグァヴァの林の中で遊んでいたという。ある暑くて穏やかな日の昼下がりのこと、たまたま、そこを通りかかったロチに出会い、はしゃいでいた２人は驚き怯えて逃げだしたが、ロチは一目見たララフの天真爛漫で神秘的な姿に惹きつけられた。

（注3-6）小説にアピレ（Apirê）地区とあるのは、実在するピラエ（Pirae）地区のアナグラム（読替）である。

私はまず、小説の舞台であるファタウア川を訪ねようと小説のアピレ地区に行ってみることにした。アピレ地区は地図で見るとパペーテから５㎞ほど郊外にあるピラエ地区にあたる。近くなので、路線バスで行くことにした。路線バスの運行経路が分からないまま、私たちはツーリスト・オフィスの向かい側にあるバス停からそれらしいバスに乗った。

ピラエ行政庁舎

バスはポマレ大通りからプランス・イノア通りという横道に入り10分余り走った。頃あいをみて、私は運転手にバスがピラエ地区に入ったか否かを尋ねたが、彼は薄笑いを浮かべるだけで返事をしない。私のフランス語が通じないのか、それとも不親切なのか。このままでは乗り過ごすのではないかと心配になり、外の景色に注意してピラエ行政庁舎と標示された建物を目にしたので近くのバス停で下車した。

この庁舎はコロニアル調で広い前庭がある。鉄のゲートが開いていたので前庭に入り、ベンチでひと休みさせてもらった。庭の一隅にドゴール元大統領の名で「フランス万歳」と記した石碑が立っていた。

庁舎を出て道沿いに小説に書かれたファタウア川を探して30分ほど歩く。周辺は人通りが少なく閑散としている。二筋の小川を渡ったが、いずれも川幅が２～３ｍの生活排水が流れ込むドブ川で小説に書かれた川とは違うようだ。

歩いていると気温は30℃ほど、道路は埃っぽく蒸し暑いので疲れてきた。なおも川を探して歩いていると反対方向から来た路線バスが私たちの横に停まり運転手が乗らないかと手招きをする。どうやら私たちの姿が道に迷った異国の旅行者に見えたらしい。同じバスの運転手にも親切な人がいるものだと感心する。ここで私たちは探索を切り上げ、運転手の親切に甘え、このバスに乗ってパペーテ市内に戻った。

ファタウア川については、この2日後、島を一周した際、ガイドに頼み案内してもらった。

しかし、見つけたのは川幅4~5mの似たようなドブ川で、とても水浴びなどできそうにない。

ツーリスト・オフィスで見せてくれた資料によれば、この川を2~3時間かけて上流に行くと岩場の滝登りを楽しめる観光スポットがあるという。この島は水が豊富で滝と湧水が多い。

ロチとララフが島の中央部、オロヘナ山麓にハイキングした時の記述に、草の生い茂った、うす暗い山道に沿って1時間ほど谷の中に入って行くと滝の轟音が聞こえ、ファタウアの小川は300mの高さから銀色のシャワーに

ファタウア川

なって薄暗い峡谷に落ちていたとある。

しかし、旅行中の私たちに滝登りをする体力はなく、そんな山奥まで行く時間的余裕もない。今は汚れた川だが、私はララフが愛したというファタウア川を見たということで満足することにした。

さて、小説によれば、ファタウア川での出会いの後、ロチは何度もララフに会いに行き、女王からもララフと結婚するよう提案される。彼女の養父母も14歳になる娘は身体も大きく、もはや子供ではないと２人の同居を認める。その後、ロチはララフと島のあちこちに旅をし、マオリ語を学び、ポリネシアの神話に興味を覚える。やがてララフはパペーテに移り住み女王の侍女となり宮廷の行事にも加わるようになる。こうして女王がアファァレアイトゥの神殿（マラエ Marae）で行う奉納行事にロチとララフは随行する。

旅の４日目

私たちは女王が奉納式を行ったというモーレア島に行ってみることにした。

今朝は雲が低く垂れ込め雨模様である。ホテルのシャトルバスで港に行き、

（注3-7）マラエとは神殿というよりも簡素な石組みの上に柱を立てた祭壇で、ポリネシア宗教の神聖な儀式を行う場である。ポリネシアではいろいろな神々がいて神秘的現象や災いを引き起こすと信じられていた。同じ太平洋民族の日本にも同じような伝説や神話がある。

フェリー乗場に向かった。雨足は強くないが断続的に降る。しかし、地元の人で傘をさす人はいない。傘をさす生活習慣がないのかもしれない。

鉄筋コンクリート2階建ての乗船ターミナル・ビルはタヒチの伝統家屋を模したモダンな造りで、内部の施設も整っている。カフェに入り待つこと1時間、雨は小降りになり風が出てきたが、フェリーは定刻に出航した。乗客は島と行き来する地元の人々のようで十数人、乗船30分余りでモーレア島のヴァイアレ港に着いた。雨は上って清々しい風が吹き、暑くも寒くもなく心地よい。

島の様子は奇怪な形をした山が海岸近くからそそり立ち、山裾は野生の森に覆われている。この島には多くの観光名所があるようだが、タヒチ島へ日帰りする私たちにはまわる時間がなくすべて割愛し、小説に書かれたアファレアイトゥ地区だけを訪れることにした。

フェリーを降りた船着場でタクシーに乗る。タクシーの運転手は胡麻塩頭の60歳くらいの男性で車をゆっくり走らせ、周りの景色を説明してくれた。沿道で水蒸気を出している建物は、島で唯一の発電所という。また、ヤシ林に隠れてよく見えなかったが集会所のような建物が島で唯一のマーケットという。

アファレアイトゥ地区は船着場から南に５～６㎞のところにある集落で静かな入江に面していた。目の前にモーレアの最高峰１２００ｍのトヒエア山（Mt. Tohiea）がそそり立つ。山の麓は椰子と広葉樹の林に覆われ、さらに上の方は人も分け入ることのできない潅木の茂みが黒い岩肌の山頂付近まで続いている。

小説でもロチが初めて見たモーレア島は信じられない景観をしており、黒く大きな丸い山、鬱蒼とした森林、

モーレア島・トヒエア山

海岸にはココナッツヤシが海にせりだし島民の小屋が散在していたと書いている。

小説で女王たち一行が上陸したという入江には、今、小学校と病院が建っている。

タクシー運転手の説明によれば、この島には約２０００人の子供がいるが、山に隔てられ通学できないので、５つの学区に分かれ、各区に設置された小学校で教育を受けているという。また、入江にある病院は平屋建てで医師の常駐しない一種の診療所のようであった。この島で生まれたという運転手が子供の頃、人々は馬車で移動していたという。にも

アファレアイトゥの入江

かかわらずタヒチで事業を成功させた彼の祖父は島で唯一の自動車を持っていたと自慢していた。

さて、小説はポマレ女王がアファァレアイトゥの神殿で行った奉納行事について次のように記述している。

神殿の奉納は、長時間の儀式で宣教師たちが演説をし、ヒメーネが来世に捧げる讃美歌を歌った。神殿は珊瑚で建てられ、屋根はアダンの葉で葺かれ、開かれた奥の扉の外に山々や背の高い椰子の木が連なる素晴らしい景色が見えた。その間、黒いドレスを着た女王は、悲しげに沈思し、孫娘（後述の注3-10参照）のために祈っていた。

私はアファァレアイトゥの神殿がどこにあるか、また、当時、女王が神殿に行くためどのようなルートを辿ったのか、予め調べないまま、とにかくアファァレアイトゥという場所に行ってみようと考えていた。あとで調べると神殿は海岸にそそり立つ山の向こうの展望台付近にあり、地図では島の反対側のクック湾から登るルートしかない。しかし、ガイド・ブックを読むとアファァレアイトゥの渓谷を進むと高さ80ｍの滝があると書いてあるので、どこかに

（注3-8）ヒメーネとは女性合唱団のことで、そこにララフも加わっていた。女王が祈った孫娘とは後述するポマレ五世のことである。アダン（阿檀）は、気根のある熱帯生のタコの木の一種で、葉は細長く、乾燥させて帽子や団扇の材料になる。

登る道はあるかもしれない。いずれにせよ私たちが今回そこに行くのは時間的、体力的に無理であった。

アファレアイトゥの静かな入江は美しいが他に見るべきものもなく、私たちはタクシーでヴィアレ船着場に引き返した。

船着場には切符売り場のほか簡素な売店とテーブルがあるだけ。露台の上に野生の椰子の実、バナナ、パイナップル、マンゴーなどを並べ販売していた。ここで昼食にサンドイッチを食べていると、野鳥がパン屑を拾うためテーブルに飛んでくる。自然の雰囲気を満喫できる場所であった。

船着場にはバスの停留所があり、

ヴァイアレ船着場

時々、観光バスが遊覧船に旅客を運ぶほか人の出入りはない。私はもっと島を観光してまわりたかったが、今更、無理をして予定を変更することはないと定刻のフェリーで引き返した。

パペーテに戻り、再びツーリスト・オフィスで翌日の観光について打ち合わせをする。私はタヒチ島を一周して、途中、ゴーギャン美術館とポマレ五世の墓に寄ってみたいと考えていた。このために路線バスを乗り継いでまわるのは難しく、ガイドと車をチャーターするしかない。デスクの担当者に片言のフランス語で相談すると英語で答えが返ってくる。私の会話がお粗末なようで彼も気を利かせ明日のツアーには片言ながら日本語を話すガイドを紹介するという。

私たちはホテルに戻るためツーリスト・オフィス近くのバス停で発車時間待ちのバスをみつけ、運転手にホテルの場所を告げ乗り込んだ。発車すると車内に軽快な音楽が流れて路線バスらしくない。途中のバス停で降りる人もいない。あとで気づくがこれは通常の市内系列バスでなく、長距離乗り合いバスであったようだ。それでも運転手は私の告げた場所でバスを停めて降ろしてくれた。日本では考えられないことでありがたかった。

なお、その翌日、同じバス停で待っていると休憩中の運転手が来て乗場が違うので案内するからついて来いという。彼は道すがら商店街の人々と陽気に挨拶を交わしながら300mほど先にある別のバス停に案内してくれた。彼の親切さが身にしみ、思わず握手をして別れた。見知らぬ私たちに親切なのは、この土地の人々が日本人に悪意を持っていない証拠だろうと何となく安心した。

さて、前記長距離バスを降りたのはカルフール・ショッピングセンターの前である。そこで買物をしているとベビーカーに2人の子供を乗せた日本人の女性から「何かお探しですか?」と声をかけられた。彼女はこの土地に5年暮らしているそうで、見慣れない私たちに親切に教えてくれた。たとえば売り場のテーブルに山積みにおいてある野菜や果物は、欲しいものを取って籠に入れレジに持って行ってはならない。レジに行く前に計量コーナーに持って行き、重さに応じて値札を貼ってもらわねばならない。これも日本のシステムと違うのでひとつ勉強になった。

旅の5日目

島の一周を案内してくれる女性ガイドと朝９時にホテルロビーで待ち合わせる。彼女の名前はオベール・ヨーコで、フランス人の父と日本人の母をもつハーフという。父はフランス軍の通信基地で働き、日本から来て基地に勤めた母と知り合ったらしい。兄が１人いてピラエ地区に住み、父と同じ基地で働いている。また、母は日本でタヒチアン・ダンス教室を開いていて、彼女は子供の頃から夏休み、冬休みに日本を訪れ母の家族と過ごしたので日本語を覚えたという。

（注3-9）私たちは日本に帰った後、ヨーコに誘われたタヒチアン・ダンス競技会を見学した。この競技会は私たちの住んでいるところに近い区民会館ホールで開かれ、国内のタヒチアン・ダンススクールに学ぶ児童から大人まで、１００人余りが参加し、タヒチから審査員を招いて順位を決める本格的な大会であった。ちなみにこの大会で司会をしたのはヨーコである。

彼女の説明によればタヒチの人口は27万人、すべてフランス国籍をもち、人種的にはフランス人12％、中国人３％であとはタヒチ人である。中国人は入植してのち事業を成功させ金持ちになる人が多い。宗教的に見るとカソリック、プロテスタント、モルモン、ポリネシア信仰の各宗派が混在している。

彼女の車でタヒチ島を時計と逆回り、西海岸から東海岸に向け一周した。この島は瓢箪を逆さにした形をしていて、大きな島をタヒチ・ヌイ、小さな方をタヒチ・イチと呼ぶ。現地語でヌイとは「大」、イチとは「小」を意味

タヒチ島西海岸

する。今回、私たちは日程の都合でタヒチ・ヌイだけを一周することにした。

走りだして15分、この辺りはパペーテ市内への通勤圏で、毎朝7～8時半と夕方4時以降には交通渋滞が起きるそうだ。

フナルという地区に湧水を利用したビールと清涼飲料の工場があった。この島の中央部は山岳地帯で、標高2200mを超えるオロヘナ山を筆頭に1000mを超える山々が連なっている。これらの山から流れ出る水が急峻な渓谷を作り、島の至るところに豊富な湧水を生み出している。なお、首都の名「パペーテ」とは現地語で「水の容器」を意味するという。

私たちの走るタヒチ島の西海岸には、ラグーン（サンゴ礁の浅瀬）があり、白砂の浜辺が美しい。これに対して東海岸は玄武岩の黒砂で海岸は崖になっている。

沿道にはオレンジやマンゴーの果樹林がみえる。気候に恵まれているためマンゴーは年に3回収穫できるそうだ。

やがて車は島の南西部マタイエア地区に入り、ヴァイヒリア湖から流れ出る川を渡った。この湖に行くには渓谷を遡らねばならないので私たちの乗る車では無理である。

小説にロチがヴァイヒリア湖のほとりでキャンプした様子が書いてある。湖に行く道のりは長く、難所つづきで、付近は荒涼として人の気配がない。土着民たちに迷信じみた恐怖を呼び起こすこの湖は、高度千メートルの中央山地の中にある死んだ海で、湖の周囲一帯には、高く険しい円丘が、夕空に鋭い稜線を浮かび上がらせていると描写している。伝説によれば、昔、タヒチの王女がヴァイヒリア湖に棲む巨大なウナギ（鰻）と結婚することになったが、恐ろしくて逃げ帰った。その後、このウナギを殺して埋めたところに一本の樹が生え、ウナギの頭部に似た実をつけた。これがココナッツ・ヤシの先祖という。

引き続き隣接するパペアリ地区を進むと海が間近に迫り、一時期、画家ゴーギャンが住み、絵を描いたという小島が見えた。ここで私たちは沿道にある自然の湧水池（Sous Vaima と呼ばれる）に立ち寄った。滝壺のような窪みに岩盤から清澄な水が大量に噴出している。この水はミネラルウォーターとして市販されるという。流れの中で1人の男が犬と一緒に浸かって気持ちよさそうに涼をとっていた。

近くにゴーギャン美術館があり、立ち寄ることにした。美術館への導入路は群生した竹林に囲まれている。竹は東南アジア以外でも育つようだ。

観光スポットとなっているこの美術館は予想外に質素な平屋造りである。私たちのほかに観光客は2～3人しかおらず閑散としていた。ここにはゴーギャンの主要な作品は置いてなく、彼の画家としての軌跡を辿る資料のようなものが展示されているだけであった。

ゴーギャンはパリに住んで株式投機で成功したが、なぜかその生活を捨て、各地を彷徨したあげくタヒチにたどり着き絵を描く。彼が初めてこの島に来たのは、１８９１年なのでロチが滞在した時より20年ほど後になる。彼は、この島が気に入り、地元の女性と甘美な生活を送るが、最後は極貧の中、タヒチを離れ、ヒバ・オア島で亡くなったという。彼が後世に残したものは描いた作品のみでなく、タヒチが南海の楽園であるというイメージであろう。今まで私もこのイメージにとらわれてきた。

美術館を出てさらに南に走ると瓢箪型をした島のくびれた部分にあるタラヴァオ地区に着いた。ここは島の南半分・タヒチ・イチへの分岐点になる。タヒチ・イチは北のヌイより面積が小さく、観光

ゴーギャン美術館

タラヴァオ分岐点

地として未開発なため島に周回道路はない。イチの上空は雲に覆われ雨が降っているようで私たちは遠くから眺めるだけにした。分岐点に有名な熱帯植物園があるが工事中であったため見学することなく通過した。

なお、このタラヴァオ地区や前記パペアリ地区は小説にも登場する。

この分岐点が、今日私たちの走る周回路の中間点になる。この先パペーテまでは島の東海岸を行く。

東海岸は海に向かって断崖が多い。少し走るとヒティアという地区で比較的大きな川（パペイハ川）を渡り、橋のたもとに車を止め小休止した。川沿いに集落があり、土砂の採取場がある。上流にそびえる山は雲で覆われ、雨上がりのため川の水は混濁していた。この川を遡ると観光名所の溶岩洞穴があるそうだ。

さて、路端に立てた高さ１ｍほどの棒の上に野鳥の巣箱のようなボックスが置かれていて、ガイドが私たちにこれは何に使うものか分るかと質問する。新聞や郵便受け、牛乳受けにしては大きすぎると思ったら、なんとこれは近くの民家に毎朝配達するパンを入れる容器ということである。離れ離れの民家に配達する手間を省く知恵だと感心した。

さらに海岸沿いに北上しティアレイ地区を過ぎると打ち寄せる波の力で洞くつから勢いよく潮が吹き上がるアラホホのブロー・ホールがある。この辺りは波乗り・サーファーのメッカになっているそうだ。

パペーテに近づき、アルエ地区のポマレ五世の墓を見た。墓は街道から細い路を入った分り難いところにあるが、目の前はヴィーナス岬を望む景勝地であった。

五世の墓は高さ４～５ｍ、上部を切り取ったピラミッドのような台形をし

ポマレ五世の墓

た石造りの建て屋で、付近に一族の墓もある。ポマレ五世はタヒチがフランスの植民地となり廃位されたポマレ王朝の最後の女王であった。

小説によれば彼女は女王（ポマレ四世）の長男の娘でタヒチの王家の推定相続人になる。彼女は幼少の時から遺伝病の徴候を見せていたが、祖母の愛情はすべて彼女に注がれていたと書いてある。前記アファレアイトゥの神殿で女王が祈っていたのは、この孫娘のためである。

このあと、私たちは2日前に訪れたピラエ地区に入り、見つけることのできなかったファタウア川を探し当てたが、今、あまり綺麗な川でなかったこ

（注3-10）ポマレ王朝は女性により王位継承がされたようである。なお、ここで遺伝病とあるのは肺結核で、ポマレ五世はロチがタヒチ島を離れて間もなくこの病気で亡くなると記されている。また、ララフもロチと別れる当時、小さな咳をしていて頬は蒼白く結核感染の兆候を示していたという。

歴史によれば、1842年フランス太平洋艦隊司令官トゥアールはポマレ四世に対し、タヒチをフランスの保護領とする条約を締結させ、翌年、フランスはタヒチの領有を宣言した。1880年、ポマレ五世は主権の譲渡を宣言し、タヒチはフランスの植民地となった。小説の舞台はちょうどこの時代にあたり、この物

とは既に記したとおりである。

タヒチを離れ母国に戻るロチはララフとの最後の別れをこのファタウア川でする。２人は手を取り合って涙ながらに別れる。小説には、ロチが二度とこの島に帰らない出発を明日に控えて「最後にもう一度、パレオ（腰巻）を着て、日暮れ時にファタウアの小川にひたる喜びを味わった」と記している。その時ララフが残した言葉は、自分は他の人とは結婚しないで、死ぬまでロチのために神様に祈り続けるというものであった。

それから2年後、ロチは地中海のマルタ島で、タヒチから帰還した或る士官の話からララフの死を知る。士官の話によれば、ララフは肺病なのにブランデーを飲み始めたため病気が一挙に悪化し、痩せて骨と皮になってしまった。しかし、彼女はいつも新鮮な花の冠を頭にのせ、年をとった不具の猫を連れて歩いていた。やがて18歳になったある日、彼女は死ぬために故郷のボラボラ島に帰り、何日も生きなかったという。この話を聞き、ロチは「死にそうな寒気が心にわき上がり、目がかすんだようになって、何とも知れない許しと償いの気持ちを抱く」というところでこの小説は終わる。

語でもフランスの支配権が現地社会に及んでいる様子がうかがえる。

旅の6日目

タヒチ滞在最後の日、私たちはショッピング・センターで買物したほかホテル周辺で過ごした。日本への出発便が明日早朝なので早めに荷造りをすませ、夕食をホテル内にある鉄板焼きレストランでとった。タイ人と称する調理人がコミカルなアクションで客をもてなすので座が和み、久しぶりの醤油味が美味しく感じられた。

翌日、日本への飛行は来た時と同様順調で、時差の関係から成田空港には次の日の午後に着いた。成田の気温は18℃、タヒチのように半袖シャツで過ごせないので空港で着替えた。

私たちの旅は、モーレア島への日帰り、半日ですませたタヒチ島一周のように慌しい行程で、とても小説の景色を実感できるものではなかった。しかし、ゴーギャンやロチが描いた楽園を垣間見ることができたのは私にとって貴重な経験となった。

こうして1週間のタヒチ旅行はつかの間に終わったが、見落としたところも多く、機会あればもう一度訪れたい島だと思っている。

第4章　日本の恋人（Japon）

ストーリー

ロチは、搭乗艦トリオンファント号の修繕のため、1885(明治18)年の夏、初めて長崎を訪れ約2ヶ月間滞在した。この間の物語が小説『お菊さん』である。当時、彼は陸上での生活を望み、親しい部下・イヴに、日本に行ったら人形(poupée)のような女の子と結婚するのだと告げていた。彼は長崎に着くと早速、斡旋人を介して《お菊さん》という娘(18歳)を紹介してもらい、登記役場に行って彼女との結婚契約に署名し、同居許可状をもらった。

2人が住んだのは船の停泊地の高台・十善寺(じゅうぜんじ)にある借家で、家主は《お梅さん》という。《お菊さん》は、この家で三味線を弾き、活花をして過ごした。毎日の食事は階下に住む《お梅さん》が作って届けてくれた。2人は友人、隣人と連れ立って街に出かけ、茶屋に入り、芝居をみて、夜店で買い物をし、神社仏閣詣でをした。とりわけロチにとって骨董品をあさるのが憂さ晴らしであったという。

(注4-1)現実の話として、ロチは35歳の時初めて長崎を訪れ、小説で2ヶ月間滞在したとあるが、実際は1ヶ月と少しであった。

小説に「お菊さん」との同居を結婚と書いているが、実は月12ピアストル(当時の換算レートで1ピアストル＝2円)という金銭を支払う同居契約であった。また、彼が実際に同居した女性の名前は《お菊さん》でなく、《お兼(かね)さん》という娘であった。なお、その後の《おかねさん》について『狂女オカネの生涯』という本(1980

《お菊さん》との結婚は金銭契約によるものであったため、2人の間に愛情は芽生えなかった。ロチは彼女が何を考えているか理解できず、性格の暗い彼女に嫌気がさしてくる。《お菊さん》も彼との生活が長続きしないことを知っていたので新居に自分の持ち物は僅かしか運ばなかった。

結局、ロチは《お菊さん》に「人形」以上の意味を見出すことができず、彼も記すように「彼女は私の隣人の一人にすぎなかった」ようである。

この小説に筋書きはなく、ロチは、日記風に長崎で目にした街の様子や人々の生活習慣について綴っている。彼の日本人、日本文化への評価、感想には辛辣なものがあり、日本の女性について「人形のように小さく、皮膚は黄色く、目の吊り上った猿のような容姿」と表現する。また、日本の風習について「四つん這いになり、タタミに頭を擦り付けて何度も繰り返すお辞儀」、「夕方、庭先や戸口で蔽いのない桶（たらい）に浸かる湯あみ（行水）」、「吸殻を落とすためキセルで煙草盆の縁を騒々しく叩く所作」、「病気の時、まじないの文字を書いた紙きれ（護符）を丸めて飲むこと」、「人為的に歪め育てた盆栽を並べるミニチュア庭園」、「神社仏閣のグロテスクな顔かたちをした石の彫像」などを挙げ、これらすべてに違和感を覚え、滑稽であると記している。

年・後藤是美／著）がある。確かめたわけでないが、この本によれば彼女はロチと別れ、提灯問屋に嫁いだがうまくいかず、故郷の大分県竹田に戻り、気がふれて郊外の山の洞窟に籠って一生を終えたという。

ところで、プッチーニによるオペラ「蝶々夫人」は全く別の作品だが、小説『お菊さん』にヒントを得て書かれたものといわれる。

ロチが軍務で急に日本を離れることになったとき、その話を聞き《お菊さん》はただ頭を垂れただけで、むしろ取り乱し、別れを惜しんだのは《お梅さん》であった。出航の前夜、ロチは別れの茶会を開き、また、友人と街に出て氷菓子を食べたが、この街や人々に特別な愛着心は起きなかったという。夜中に引っ越しの作業をすませ、翌朝《お菊さん》に最後の別れを告げるため、独りで住み慣れた家に帰ったロチは驚くべき光景を目撃する。戸口に立ったロチの耳にチャリン、チャリンという音が聞こえる。不審に思って中に入るとガランとした部屋で《お菊さん》がピアストル（銀貨）の真贋を識別するため一枚ずつ槌で叩き、床に投げて発する音を確認していた。その銀貨は、昨夜ロチが彼女の言葉にうまうまと騙され与えたものである。ロチは彼女に偽物があれば取り替えてあげるというと、さすが《お菊さん》も赤面し、敷居にひれ伏して別れを告げる。

小説の最後は、ロチが支那に向け航行する船から《お菊さん》との思い出となる蓮の花びらを海に撒き、「アマテラスオオミカミ」を引き合いに出して、短い結婚の思い出を洗い清めてほしいと揶揄しながら祈るところで終わる。

それから15年後、１９００（明治33）年の年末、ロチは義和団事件で北京に出兵するため、再び立ち寄った長崎で旧知の人々を訪ねる。その物語が小説『お梅が三度目の春』である。

今回、ロチは特定の女性と同棲することなく、搭乗艦ルドゥターブル号に寝起きしていたようである。ロチは、《お菊さん》に会おうとはしなかったが、彼女の母親《おきんさん》から夕食に招かれ、そこで《お菊さん》が提灯問屋に嫁ぎ、安楽な暮らしをしていると聞く。また、昔の家主《お梅さん》に会うと彼女は３年前に夫を亡くしていた。ロチは彼女のきれいな襟足と撫で肩に魅力を感じる。

ロチはお茶屋通いをしてゲイシャと遊ぶ。彼が日本で初めて魅了されたと書くのは、僅か13歳の《春雨さん》という芸者の「お面踊り」であった。彼女とは男と女の付き合いをしたわけでないが、ロチは気に入って時々この茶屋を訪れた。

ロチは長崎の町を囲む山を散歩することを好んだ。特に気に入った共同墓地は苔とハコネソウ（羊歯）に覆われ、長崎の町とその先の深い湾が見渡せる。

（注42）『お梅が三度目の春』は、「お菊さん」の記述と違い日本の自然や女性に対して温かく見ている反面、軍備を強化していく日本の姿を批判的な目で見ている。

ロチは再び目にした長崎について、「昔のナガサキにない景色、近代風な建物、煙を吐く工場、和船に代わって重厚な軍艦が見える」、「日本の水兵は腕力が強く敏捷で身ぎれいであり、軍艦は最新式で手入れがよく行き届いている」と書いている。彼は軍人らしく、「島国の民族であることは得難い特権であるうえに、瀬戸内海という内海を持つことは、安全な造兵廠を開設し、艦隊を遊弋させることができるので何物にも代えがたい幸運である」と分析する。他方、

彼はそこで1人の娘に出会い夢中になった。彼はやましい気持ちを抱くことなく、荒れ果てた墓地で50回以上密会したと書いている。彼女は近くにある寺の墓守の娘で、名を《イナモト》という。ロチは彼女を「ナガサキとその死者たちの美しい山との化身」と記している。

やがて北京攻略のため出航命令が出てロチは日本を離れる。半年後、一旦戻るがヨコハマや瀬戸内海を廻り、次の勤務地・安南（コーチシナ）に向かう途中、長崎に3週間留まる。もう2度と戻らないと分かっているロチは、懐かしい人たちを訪ね、別れの挨拶をする。《イナモト》には寺の山門で象牙の女神像をプレゼントし、日本で馴染みのない接吻をして別れる。彼女は去っていくロチの後姿を最後まで見送った。次に、《お梅さん》を訪ねると普段着で白髪まじりの彼女がタバコをふかしていた。どうもロチが不在の間に高齢で出産したらしい。ロチが別れを言っても冷淡に会釈をするだけ、彼女は感受性を失っていた。年月のなせるわざか、「《お梅さん》の第三の青春は終わりを告げた」と書いている。

小説の最後で、ロチは次のように記す。「不思議なことに、15年前の出航のときよりも、今度の方がずっと悲しい。この国以上に美しい国はどこにも

日本民族について、「機械や爆薬を器用に扱うが、喧嘩早く、増長慢にふくれあがって他人の幸福をねたむ民族であり、将来、白人に対抗して殺戮と侵略を引き起こすであろう」と懸念し、いずれ日露戦争は不可避であると書いている。

なお、この文章を三田文学で紹介した永井荷風は反軍国的であると批判を浴びた。

（注43）以下、この章でそれぞれの小説を引用する場合、『小説（お菊さん）』、『小説（お梅さん）』と書き分ける。

ない。」

【参考図書】

ピエール・ロチ著『お菊さん』（野上豊一郎／訳・1988年11月9日・岩波文庫）
Pierre Loti Madame Chrysanthème 1990 Frammarion Paris
ピエール・ロチ著『お梅が三度目の春』（大井征／訳・1952年3月30日・白水社）
Pierre Loti La troisième jeunesse de Madame Prune © Éditions de l'Aube, 2010

『お菊さん』

『お梅が三度目の春』

明治 30 年の長崎周辺図

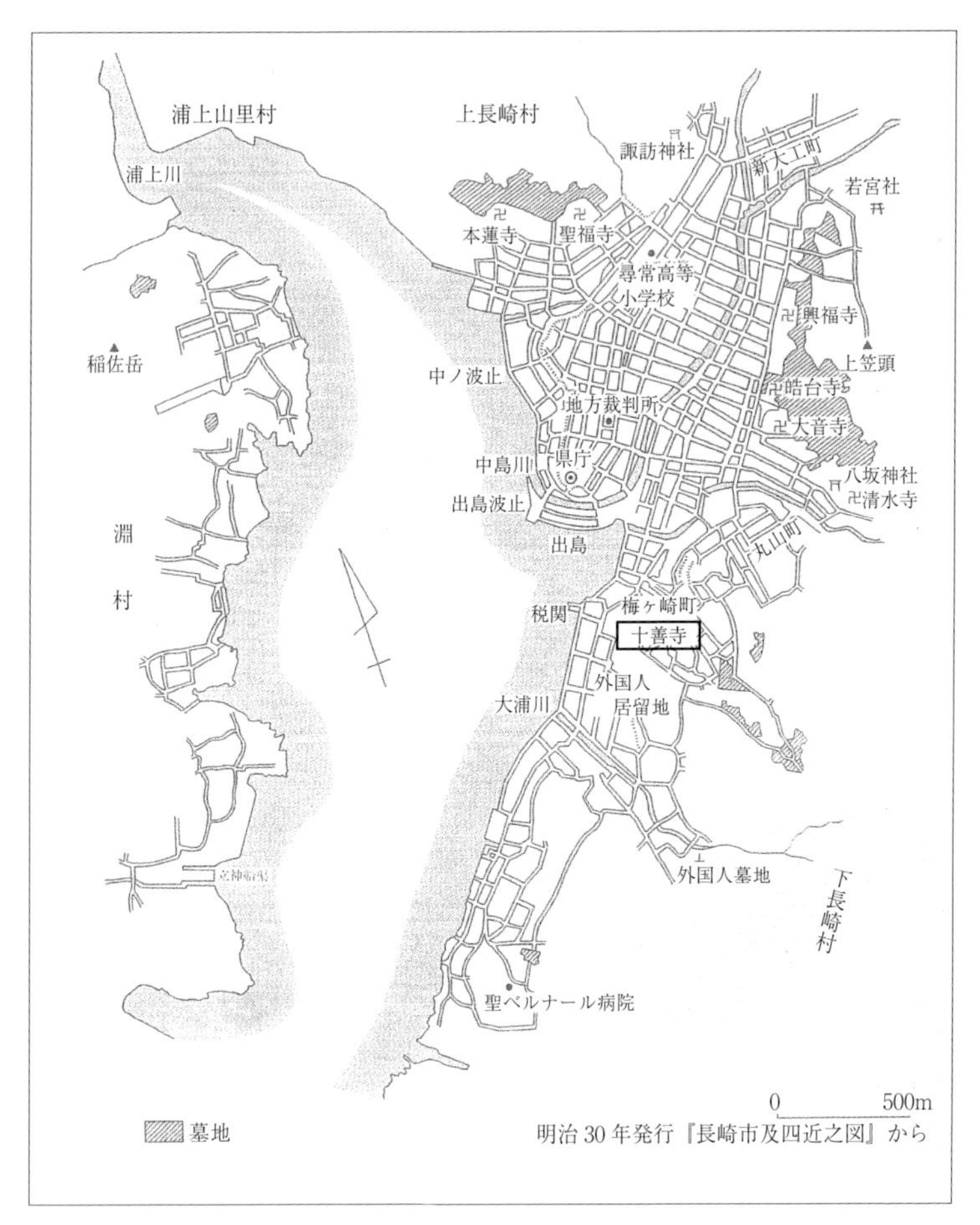

＊船岡 末利／編訳『ロチの日本日記』(有隣堂) より

私の見た風景

旅行日
2014.10.01
～10.04

ピエール・ロチの小説『お菊さん』と『お梅が三度目の春』の風景を求めて、小説の舞台となった九州・長崎に旅をした。私は20年ほど以前、長崎を訪れたことがあるが、その時のことはあまり覚えていない。

旅の1日目

朝、私は妻と自宅を出て午後2時半に長崎空港に着いた。長崎の天気は曇り、気温は27℃くらいで少し蒸し暑い。搭乗機は中型のジェット機で乗客は40～50人、空席が目立つ。空港から市内へは高速道路を走るバスで40分程度。車窓に小雨に烟るなだらかな山並みが見える。沿道に立てられた掲示によれば、今月の長崎は催し物が立て込み、10月7日から3日間の「おくんち」祭り、10月12日から10日間の国民体育大会が開かれるようである。

私たちの泊まるところは市の中心にあるビジネスホテル。空港からのバスが停まるバスターミナル駅から歩くこと5分でホテルに着いた。

ロチが初めて長崎を訪れた時、港の印象を小説（お菊さん）で「円型劇場の観客席のようにみえる山々に囲まれた入江」と表現している。このため私たちも海から長崎の街を眺めようとホテルにチェックインをすませたあとフロントに問い合わせた。確か20年前に乗った覚えのある港内遊覧船に乗りたいというと運航は夏のシーズンのみで今は営業していないとの答え。その代り、暗くなって山の上から街の夜景を見るバスツアーがあるといわれたが、雨がひどくなったので諦めた。この日は結局、ホテル周辺の繁華街を歩き、長崎らしい食事を楽しむことにした。本格的長崎料理といえば「しっぽく料理」だが、私たちが味わったのは、より庶民的な「ちゃんぽん麺」、「皿うどん」、「豚の角煮」、「餃子」の類であった。

旅の2日目

朝から雨、今日は午前中、市立図書館と県立図書館に行く。ロチが記した場所につき教えてもらうため、あらかじめ電話と手紙で約束をした図書館の担当者にお目にかかることになっている。

まず、バスで市内興善町の市立図書館に開館時間の10時に間に合うよう出発した。図書館の玄関にはすでに開館を待つ15人ほどの人々が並んでいた。お目にかかったのはレファレンス係のMさん、彼女はロチの書物につき推定や解釈をする立場にないと断りつつも私の依頼事項に関連した図書、インターネット情報、地図等を周到に準備して回答してくれた。1時間余りのレクチャーを受け、感謝、恐縮する。この間、雨は一層激しくなり、次の約束先、県立図書館へはタクシーで向かった。

県立図書館は諏訪神社の隣の敷地にあり、5分程度で着く。約束した図書館郷土課のOさんにお目にかかる。彼も関連図書やインターネット資料を用意していて丁寧に答えてくれた。用意された図書の中に東京で私の利用する図書館にない本があり、尋ねると貸出可能という。Oさんの計らいで新規に貸出カードを作って借り受けることにした。

今回の旅行で私が見たいと思うロチに関係する風景は、まず、ロチが住んだ家とその周辺、次に、彼が好んで散歩した共同墓地、お菊さんや友人と一緒に訪れた神社仏閣（お諏訪さま、狐の社、踊る亀の寺）、そして、彼がお茶屋通いをした花街跡や搭乗艦が停泊した港の風景である。

これらの場所を今日の午後から両図書館で教えてくれた順路に従いまわる計画であった。ところが雨がますます激しくなり傘をさしていても身体が濡れるようなひどい天気になった。しかし、ここまで来たからには県立図書館に隣接する諏訪神社（お諏訪さま）まで行ってみようと思い立った。

神社への道筋となる長崎公園は木立が茂っているため雨を遮ってくれる。石段を登り境内の庭に出ると、月見茶屋と、その前に立つロチの記念碑が目に入った。雨の中、記念碑の撮影をしたが、月見茶屋は定休日

長崎公園のロチの記念碑

諏訪神社（左手に馬の銅像が見える）

のため営業していない。仕方なく茶屋の軒先でしばらく雨宿りをした。この茶屋を小説（お菊さん）では「ドンコウ（呑港）茶屋」と記し、「そこから入江に停泊する艦船が見える」と書いている。

雨の強さは周期的に変化する。様子をみて目の前に見える諏訪神社本殿にお参りした。おそらく修学旅行で来たと思われる数人の女子生徒が、社殿の前で引いた御神籤を見せ合いキャーキャー騒いでいた。私たちは本殿の横手から入ったので、帰りは本殿参道の長

（注4-4）ドンコウとは、当時、方言でガマ蛙の意味であったようで小説では「ガマの茶屋」ともいう。なお、図書館の調べによれば、この茶屋は現在の月見茶屋と同じものでなく、その位置も参道の近くにあったようである。

（注4-5）ロチの見た馬の像は明治3年長崎製鉄所（のちの㈱三菱重工）が奉納したものだが、第2次大戦中に金属供出のた

い石段を降りることになる。雨で濡れた石段は滑るので手すりにつかまり慎重に足を運ぶ。社殿より数メートル低い位置の広場に社務所があり、大きな馬の銅像が建っていた。ロチの小説に出てくる「硬玉の馬」なのだが、図書館で聞いた説明によれば、この像は戦後に造られた二代目のものである。

さて、諏訪神社は、1週間後に催される「おくんち」祭りの最後を飾る奉納踊りのメイン会場となる。社務所広場から参道入口の鳥居まで続く長い石段を降りていくと、祭りの期日が迫っているためか、雨にもかかわらず参道両側のスペースで奉納踊りの舞台設営工事が行われていた。小説（お梅さん）には、この祭りで奉納踊りの主役を務める芸妓・春雨さんが武者姿で天蓋の中からロチに声をか

め撤去された。この像は小説で硬玉（ヒスイ）というが青銅製であった。

神社参道と「おくんち」祭りの舞台工事

ける場面がある。

私たちは時間をかけて長い石段を降り終え、参道前の新大工町の商店街で昼食をする店を探した。この街には小説（お菊さん）にロチとお菊さんが写真を撮ったという写真館があったという。私たちは雨脚が強いのでたまたま目に留まった寿司屋に入った。店内の客はもっぱら「おくんち」の話で盛り上がり、私たちの隣にいた老婦人客は、東京に住む息子が祭りを見るため久しぶりに帰ってくるので楽しみだと話していた。

（注46）日本で写真業の草分けとなった上野写真館のことで、お菊さん、ロチと彼の部下・イヴの3人で写した写真が残っている。

図書館のOさんの話によれば、お諏訪さまの次に若宮稲荷神社（狐の社）を訪ねるのがよく、20分も歩けばたどりつく距離という。しかし、稲荷神社は風頭山（かざかしらやま）の上にあり、長い石段を登らねばならない。雨の様子からこのまま調査を続けるのは楽しくないし、無理をすることはないと思った。

しかし、ゆっくりと昼食をとったあと店を出ると雨は小降りになり、時々、薄日が差している。足もとの不安はあるが何とか探訪を続けられそうなので出発した。

（注47）若宮稲荷は明治維新の時代、勤皇稲荷と呼ばれ、坂本龍馬はじめ多くの志士たちが参拝したという。毎年の例大祭に白狐に扮した若者が青竹の上で囃子に合わせ芸をする「竹ン芸」は無形文化財になっている。

ロチが若宮稲荷を知ったのは二度目に長崎に来た時で、小説（お梅さん）は次のように記している。
「《狐の社》が数日前から私のいつも参拝する場所の一つになっている。――台石の上に座った白狐、日本人の想像によって歪曲された狐、赤鳥居のトンネル、社の周りの自然に手を加え人工の岩や水流を作っている。」

新大工町の電停の先で中島川に架かる銭屋橋を渡り、民家の建て込む路地を進むと次第に上り坂がきつくなる。石畳の路地を15分ほど歩くと赤い鳥居の前に出た。ここが若宮稲荷の参道口のようだ。赤鳥居のトンネルを抜けて行く急な石段が上の方まで続き先が見

若宮稲荷参道

えない。どうやら雨は止んで傘をさす必要はなくなった。石段脇の水路に雨水が音を立てて流れている。この石段は勾配がきつい。登ること10分、稲荷社殿の横にある休憩所にたどり着きひと休みする。

若宮稲荷社殿

かなり高いところなので眺めがよく、霧に烟る町を一望できた。社殿の前庭に坂本龍馬の立像がある。彼が活躍した亀山社中の遺跡が近くにあるようだ。

前庭の先に水路があり、苔むした石橋が架かっている。小説（お梅さん）によればこの石橋の先にお鶴さんという女将がいる茶屋があったそうだが、今そこには民家が建っている。お鶴さんについてロチは「年上ながら色香を残す人」と書いている。

（注4-8）図書館で聞いたが、この茶屋の記録は残っていない。

長崎の街は山に囲まれ平地が少なく、山の上の方まで住宅がひしめいている。昔から墓地を市街地に造る余地がなく山の上に造ったようである。このため今では山の上で墓地と住宅が混在している。

ロチの時代に長崎を取り囲む山の上は共同墓地になっていたようで、ロチは人里を離れ、羊歯（しだ）に覆われた共同墓地を散歩するのを好んだ。彼は小説（お梅さん）でその情景を次のように描写する。「ナガサキは険しい山で町が盡きる。山は寺院や墓所を抱いてこんもりと高まり、生者の町の上をただ一つの墓地が、ぐるりと段をつけて取巻いた形になっている」、「広々と気持のいい墓地、ここでは、苔と地衣類と、黒い繊毛のある茎を持った

山腹の墓地

極めて細かいハコネソウなどの合間に、段をなす小さなテラス、細い小径などが迷宮のように入り混んでいる。向こうにはナガサキの町が隅から隅まで見渡され、古材木と埃の色をした人家が何千となく拡がっている。さらにその向こうには、緑の岸、深い湾、青畳のような海、――和らぎ、静けさ、これこそ、この場所にとどまるにつれ、さらに登るにつれて、わが心にしみ入るのが感じられる」、また、「数千の死せる魂の静けさ、わけの分からぬ文字を刻んだ墓石、首に赤い布の小さな前掛けをしめた石の仏像、その前で菊を持った老婦人が線香の束に火をつける」と記している。

さて、ロチはこの墓地で《イナモト》という16歳の娘に出会い、密会を重ねた。小説（お梅さん）によれば、「2ヶ月ほど以前、共同墓地の荒廃した庭で会ったムスメは名を《イナモト》という。近くにある寺の番人の娘で、彼女とは、やましい気持ちを抱くことなく墓石の群の中で50回以上密会した」、また、ロチは彼女を「ナガサキとその死者たちの美しい山との化身」と表現している。

さて、私たちは社殿前の石橋を渡り、細くて曲がりくねった石畳の下り坂を降りて帰路についた。坂道の両側に墓地が迫る。この道は坂本龍馬が亀山社中に行くため使った道で「龍馬通り」と呼ばれている。観光コースになっているようで龍馬ゆかりの志士たちの墓には説明プレートが掲げてあった。ここは長崎を取り囲む山のひとつ「風頭山」の中腹になる。麓には興福寺、長照寺、晧台寺、大音寺など多くの寺院が並び地区一帯は寺町と呼ばれ、その後背地は山の上に向け広大な墓苑になっている。ロチが蚊に刺されながら《イナモト》と密会を重ねた場所はその一角であったと思われる。

山を降りた私たちは、麓に沿った「寺町通り」を歩いた。途中、小説(お菊さん)で「踊る亀の寺」という「大音寺」に立

大音寺

ち寄った。
ロチはお菊さんたちとこの寺の縁日・夜祭に出かけ、小説はその様子を次のように記している。「街は大混雑していた。これほどの人波と提灯の列を見たことがない。迷子にならないよう手をつなぎ、大音寺の殿堂に登る。……月に照らされた花崗岩の石段、楼門、怪像、巨大な杉の神木、開け放した殿堂と坊主たちの姿、賽銭を投げる群衆……」

この寺は先の戦争による原爆の投下で大きな被害にあい、その後、火災で本堂を焼失し、私たちの見た大音寺は新しく建て直されたものであった。それでも背後に茂る大木の森は当時と変わらない景色ではないかと思えた。

私たちは2時間余り歩きまわり、しかも雨に濡れた山道の上り下りでかなり疲れた。そこで寺町を離れ、思案橋近くの商店街にある長崎名物のカステラ屋に入りコーヒーを飲んでひと休みする。外は少し暗くなりかけているが、もうひと頑張りして小説に出てくるロチが訪れた丸山町の旧花街跡に行ってみることにした。

料亭「花月」

丸山町は思案橋の電車道を渡り、数十メートル歩いた先にある一区画で、今、営業している料亭は少ないようだ。史跡名勝になっている料亭「花月」に行くと営業準備をする和服姿の従業員が、灯をともした「ぼんぼり」を玄関先に並べていた。

なお、ロチが芸妓・春雨さんやお松さんと知り合った「鶴の屋」という茶屋について図書館で調べてもらったが、残念ながらその消長については明らかにならなかった。

ちなみに「思案橋」とは、ここに来た客が花街に入るか否か思案するところから名付けられたという。また、思案橋の電車道は「春雨通り」と名付けられているが、ロチが気に入った芸妓・春雨さんとの関係は分からない。

今残る丸山町の旧花街地区は狭く、10分もあればひとまわりできる。街の入口にオランダ風のクラッシックな建物の交番が建っていた。地区の中央に丸山公園という小さな公園があり、旧花街の沿革や復元図を記した説明プレートが掲げてあった。

これで今日の行程は終わり、私たちは、薄暗い道をホテルまで20分ほどかけて歩いて帰った。

（注4-9）ロチが通った丸山町の茶屋から歩いて十人町のロチの住居まで30分余りで帰れるようだ。長崎の街は思ったより広くない。

旅の3日目

今朝は、昨日とは打って変わって快晴である。気温26℃で散歩日和。今日の予定はロチの寓居跡に行き、周辺を探索することである。

図書館のMさんが教えてくれた地図によるとロチが住んでいた十人町は思いのほかホテルに近く、歩いて10分ほど坂を上った先の住宅地である。私たちはホテルから数百メートル歩いて、旧唐人屋敷地区の入口手前を曲がり、車の入れない細い路地を上っていった。観光客の入ってくるところではなさそうだ。

（注4-10）ロチの住んだところは、小説（お菊さん）で地名を「十善寺」としているが、現在の「長崎市十人町8－2番地」になる。当時の建物はないが石垣だけが残っている。ここから市街に下る坂は2つあり、ひとつは

路地には石畳が敷かれ、ところどころで石段を上る。道幅は2〜3メートルで、両側に古い民家が軒を連ねている。しかし、感心したのは路地の清掃が行き届き、住宅の玄関や軒先に見苦しいものは置いていないことである。

十人町の路地

私の登った新地中華街からの梅香崎の坂、もうひとつは南に大浦海岸に下るオランダ坂である。

　やがて沿道に石垣が見え、その前の標柱と説明プレートにロチ寓居の地と記してある。ロチはこの石垣の上に建つお梅さんの家の二階にお菊さんと住んだということである。彼の住んだ家は取り壊され、今、同じ位置に別の人の住宅が建っていた。

　この場所は、今は立て込んだ建物で遮られているが、昔は長崎港を見下ろす高台であったそうだ。ロチは搭乗艦や長崎の街からこの住居まで坂道を上って来るには骨が折れたようで、特に、お菊さんは途中で息が切れて何度も休まねばならなかったと小説（お菊さん）に書いている。

　また、ロチはこの家の周りをよく散歩したようで、小説は

ロチの住居跡

「私たちの家の前の坂道を登っていくと何軒かの家の垣根の先に茶畑と椿の繁みがあり、その先の山は墓地になっている。山の墓石は年月を経たもので、悲しさもなければ恐ろしさもない」と書いている。私は同じように散歩して、ロチの家の裏山がどうなっているか確かめることにした。

ロチの家の石垣の角を曲がって5分ほど歩くと、十人町の隣にある旧唐人屋敷地区に出る。唐人屋敷は幕末まで中国人貿易商の居留区であったが明治になり火災のため施設が焼失したという。沿道に赤煉瓦の塀や掘割に架かるアーチ型の石橋などを目にしたが保存状態は良くない。さらに進むと地区の外れに史跡に指定されている天后堂という道教の寺があった。私たちはこの寺の裏手から住宅の間を抜ける路地を上ってオランダ坂方面に出ようとした。しかし、正確な地図を持たないで歩いたため道に迷い、地元の人に尋ねながら進んだが、皆、親切に教えてくれた。

中新町という表示のある地区を上って行くとロチの家の前と同じ狭い路地が延々と続き、その勾配は益々きつくなる。車の通れない路地なので買い物袋を下げた人たちと出会う。高齢者が杖をついて階段を上り下りしている。

ロチの家の「裏山」からの眺め　右手に墓地が見える

こうした傾斜地で生活する人々の困難さがしのばれる。しかし、路地はきれいに掃除してあり、街は汚れていない。歩いていて驚いたのは、住宅と住宅の間から墓石が見えることである。ここでも墓と住宅が混在している。

私たちは遂に坂道を登りきり、見晴らしのよい頂上の丘に立った。天気がよく、ここからすべての長崎市街が一望できる。気づくことは、目の前から市街に至るまでの山の中腹に点々と墓地がある。ロチの時代に墓地が点在した茶畑や椿の繁みは、その後、すべて住宅地になり、今では墓地が住宅の間に埋没してしまった感じがする。

　私たちの立っている場所は、どうやら長崎の街を取り囲む山のひとつ「どんの山」公園の入口らしい。この辺りに観光客の姿はない。地元の人に道を尋ねると、下ったところに海星中学・高校の建物があり、その先がオランダ坂だと教えてくれた。

　この学校は明治の初期イギリス人宣教師が創ったもので、敷地の一角に立派な修道院が建っていた。学校のフェンスに沿って降りていくとオランダ坂の途中に出た。

オランダ坂

　オランダ坂には、いかにも異国情緒あふれた景色が広がる。この一帯は、明治の初期、イギリス人居留区であったらしく、東山手12番館ほか多くの洋館が並び今は観光コースになっている。

私たちはオランダ坂を下り、近くにある大浦天主堂を見学することにした。この教会はロチの小説に出てこないが、フランスの宣教師が開いたものである。美しい木造のゴチック様式の建物は国宝に指定されている。私にはヨーロッパの壮大な石造りの教会より、このような木造の教会に親しみが持てる。

教会の隣に史跡・グラバー邸があり、この地区は観光スポットになっている。このため道筋には土産物屋が軒を連ね観光客でごった返していた。季節柄、修学旅行生の数も多いが、感心なことに彼らはすれ違う私たちに挨拶をしていく。

これで予定したロチに関係する風景の探訪を終わり、午後から個人的に興味のある県美術館を見学することにした。

長崎県美術館は出島近くの港に面した埋め立て地に新しく造られたもので、建築家・隈研吾の設計による総ガラス張りの近代的建物である。キルト工芸の展示会を催していたが、入館者は少なくゆっくりと見学できた。

私たちが見たのは常設展示場で長崎ゆかりの画家による油絵やこの美術館がモチーフとする現代スペイン画家の作品であった。作品鑑賞もさることな

長崎港

がら、私たちにとっては山登りをした疲れをいやす格好の場となり、特に眺めのよい館内の喫茶店で休めたことが何より素晴らしかった。

美術館を出ると目の前が港の桟橋になっている。離島に行く定期航路の船着場で、汽笛を鳴らしながら船が行き交う。ロチの搭乗艦もこの辺りに停泊していたに違いない。しかし、当時と今では港の景色もすっかり変わってしまった。ロチの時代に思いを馳せながら私の長崎旅行を終えることにした。

第5章　西アフリカの恋人（Sénégal）

ストーリー

フランスの田舎で育ったジャンは、兵役でアフリカ騎兵を志願し、故郷に老親と許婚者を残したまま、セネガルのサン・ルイに赴任した。3年余り暮らす間、彼はカッソンケ族の黒人娘ファトゥーと知りあう。彼女は奥地ガラムの国からモール人にさらわれてサン・ルイに連れてこられ、下女として働いていた。彼女は、すべすべした黒い肌、くるくる動く黒い瞳、輝くような白い歯を持ち、頭は剃り上げ、残る髪を糊で固めて5本の束にしていたという。人々は彼女を意地悪で強情な女とみていたが、なぜか彼女はジャンに優しかった。ジャン26歳、ファトゥー16歳、2人はバオバブの木の下で形ばかりの婚礼の儀式を挙げ、一緒に暮らし始める。

ジャンは兵士として真面目に勤務したが、黒人女と同棲していることで上官の叱責を買い、昇進の妨げとなる。ファトゥーも白人の男と一緒になったことで仲間の女たちから裏切り者扱いされる。こうした周囲の中傷にかかわらず、また、暑くて住みにくい土地にもかかわらず、ジャンはファトゥーとセネガルに愛着を持つようになる。

彼はアルジェへの転勤のチャンスを同僚に譲り、代わりにギニヤに赴任する。この時、ファトゥーも同行するが、この時代、現地の黒人兵たちは、家族を引き連れ戦地に赴く習慣があり、彼女もこれに倣ったようである。

ギニヤの任務は数ヶ月で終わり、２人は再びサン・ルイに戻る。その後、ジャンは老母からの手紙で国許の許婚者が別の男と結婚すると知って失望し、彼自身もこの地の単調な生活に厭きてくる。ファトゥーは以前より我儘になり、彼は喧嘩のあげく逆上して彼女を鞭打つこともあった。ある日、彼が一番大事にしていた父の形見の時計をファトゥーが無断で持ち出し、売り飛ばして彼女の髪飾りにしてしまう。彼は時計を取り戻そうと露店を探しまわるが見つからず、怒りに駆られファトゥーを追い出す。

やがて彼の除隊が３ヶ月後に迫ったとき、騎兵たちはガラムの国・ディヤルデで起きた反乱の鎮圧に向かう。セネガル川を遡上する軍の艦艇は、いつものように黒人兵とその家族の女たちで混雑していた。ジャンが乗り込むとその中に紛れ込んでいたファトゥーがいきなり彼の手をつかみ「あなたの息子を見てください」と赤子を差し出す。初めたいへん驚くが、彼はその子に自分の面影を感じ、2人を野営地に連れて行き、赤子を抱き上げ可愛がる。彼はその子を捨てる気持ちになれず、除隊後もアフリカで暮らす計画を立てる。

そうしたある日、敵軍の攻撃を受け、騎兵たちは砂漠の原野で戦闘に巻き込まれる。銃の使えない接近戦となり、ジャンは奮戦するが多勢の敵に囲まれ胸をえぐられて倒れる。

ファトゥーは敗残兵からジャンの死を知らされ、赤子を背負ったまま、熱にうかされたように灼熱の原野をさまよう。馬の死骸と赤い騎兵服を見つけ、遂に彼女はジャンの遺体を発見する。遺体にすがり半狂乱となった彼女は、赤子の口に砂を詰めて窒息死させ、自らは毒薬をあおり、もだえ苦しんだあげく赤子とともにジャンの遺体に覆いかぶさって死ぬ。やがて夜になり、硬直した3人の死骸の周りで禿鷹や野獣たちの饗宴が開かれようとするところで小説は終わる。

（注5-1）小説はフィクションであるが、現実の話としてロチは24歳のときセネガルを訪れ、ダカールで黒人と白人の混血女の家に住んでいた。一時、彼はこの女性を共有した男と決闘沙汰になりかけたことがあったという。小説にもファトゥーと結婚する前のジャンが混血女に恋をして捨てられる場面が出てくる。

【参考図書】

ピエール・ロチ著『アフリカ騎兵』（渡辺一夫／訳・１９９２年２月26日・岩波文庫）

Pierre Loti Le roman d'un spahi（Éd.1893）Hachette Livre（BnF

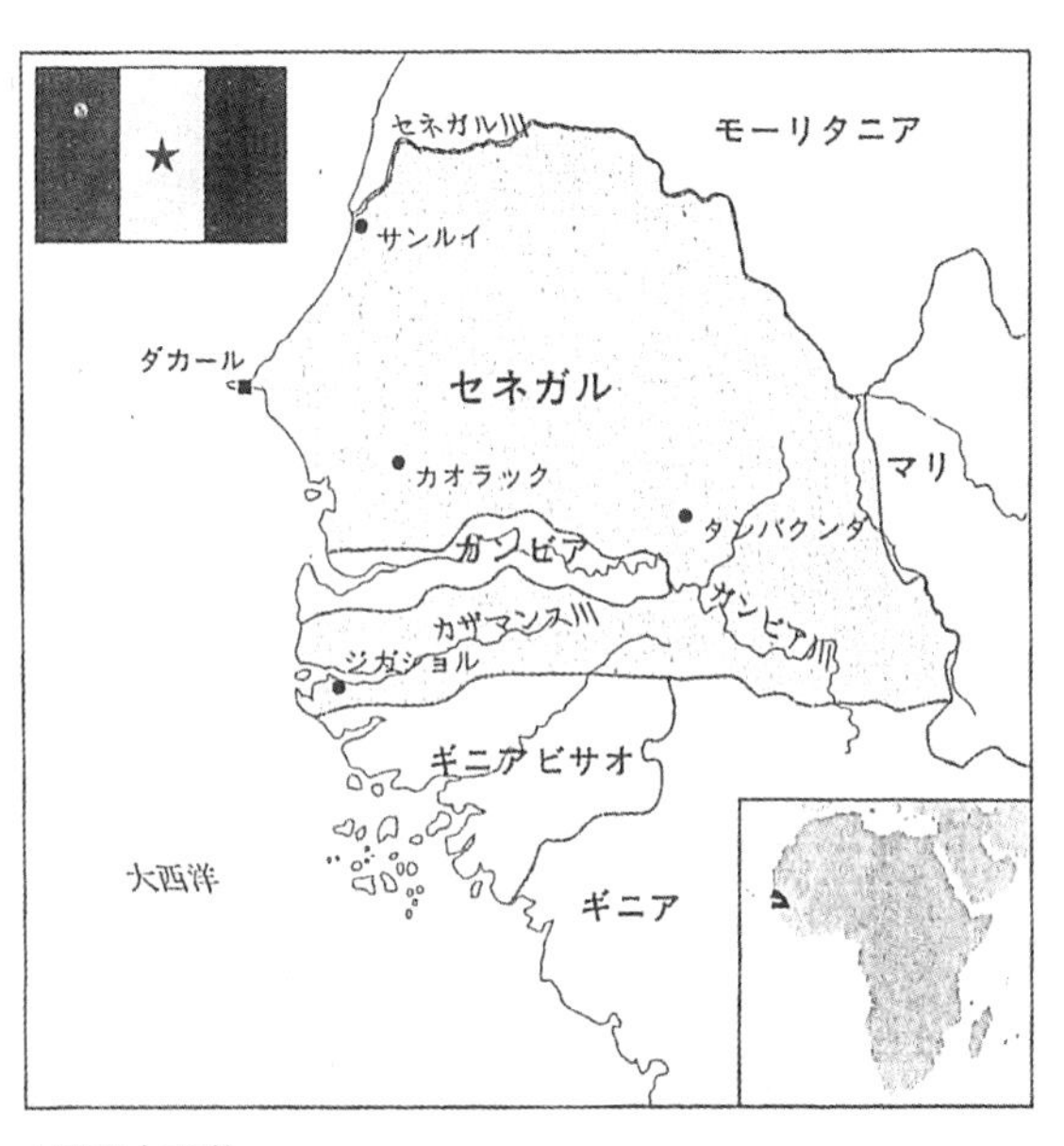

＊図説大百科
『世界の地図 17（西・中央・東アフリカ）』（朝倉書店）より

私の見た風景

旅行日
2014、01、06
~ 01、10

ピエール・ロチの小説『アフリカ騎兵』の風景を求めて小説の舞台となったセネガルの首都ダカールと第2の都市サン・ルイに旅をした。

この小説は冒頭でセネガルについて次のように記述する。

「アフリカの沿岸を下ってモロッコの南端を過ぎると果てしない荒涼とした陸地に沿って、幾日幾夜となく進むことになる。（中略）やがて砂原の上にまばらな黄色いシュロの木に囲まれた白い古い町が現れる。これがセネガルのサン・ルイの町であり、セネガンビア地方の首都である。キリスト教寺院が一つ、回教寺院が一つ、塔が一つ、モール風な家屋が何軒か見える……」

（注5-2）セネガル（République du Sénégal）は、アフリカ大陸の西端、北緯15度、モロッコのはるか南に位置する国で、広さは日本の本州程度、人口は約1310万人（2012年現在）である。共和国として独立

セネガル海岸・遠くにダカールの街

私の人生でセネガルとの接点は、この小説のほかに何もない。あえて言えば今から10年以上昔、大阪の民族学博物館を見学したとき、展示してあるセネガルの物産の中に鮮やかな色彩の鳥の絵があり、気に入ったので、そのレプリカを購入したことがある。

セネガルに旅をするというと周りの人たちから何処にある国かと尋ねられ、それがアフリカというと、古希をすぎた人間が１人で行くことはない、無理をしないで孫でも可愛がっていればとたしなめられる。一緒に行こうと妻を誘っ

したのは１９６０年４月で人口構成はウォロフ族43％、フルベ族24％、セレール族15％、その他とされる。

熱帯地域のセネガルは日本にない病気が多く、黄熱やマラリアの汚染地域になっている。このため私は黄熱、肝炎、破傷風、狂犬病の予防注射を受けて出発した。なお、私が帰国して数ヶ月後、セネガルの隣国ギニヤ、リベリア、シェラレオネでエボラ出血熱患者が発生し、多くの死者が出て大問題になった。

たが、即座に断られた。しかし、彼女は旅の経由地・パリには行きたいというので、後から追いかけてもらい落ち合うことにした。

旅の1日目

正月明けの1月6日、私は日本からパリを経由してセネガルに向かった。成田空港の航空会社窓口でパリからダカールへの乗り継ぎを依頼すると、窓口の女性は研修中の新人で、セネガルへの乗り継ぎを扱うのは初めてと言う。発券事務を上司に何度も相談しながら処理するので時間がかかった。

便の都合でパリには早朝に着き、乗り継ぎがうまくいかず半日を空港で過ごすことになった。これは堪らないので、一旦空港を出てパリ市内まで行ってみることにした。市内に向かう列車は朝の通勤客で東京の地下鉄と同じくらい混雑している。セネガルからの帰りに立ち寄るホテルを確認するためモンパルナスに行く。東京ほど寒くないが、小雨気味で時々雷が鳴っている。カフェーで朝食をとり、少し休んで付近を歩いたが、散歩する気分になれず、空港に引き返した。この時期、パリでは午前9時近くまで明るくならず、午後3時過ぎには薄暗くなる。冬のパリは観光に向かない。

シャルル・ド・ゴール空港のダカール行き待合ロビーは明るくモダンで、

フランスのブランド店が並ぶ。乗客の8割はアフリカ系の人々、出稼ぎに来ている人が多いためか皆大きな荷物を持っている。日本人はもとより東洋系の人の姿はみられない。乗った便は大型機だが満席で私の隣に体重150kgもありそうなアフリカ人男性が座ったので窮屈な思いをした。航空会社の乗客や荷物のさばきがよくないようで、出発が1時間余り遅れる。

パリから約5時間の飛行で夜9時半、ダカール空港に着いた。空港には日本で予約しておいたガイドが迎えに来る手筈になっているが、一抹の不安が付きまとう。まだるっこい入国手続きを終え、私のパスポートを預かった係官がついて来いというので一緒に行くと、出口付近で長身の男が私の名前を大書きした紙を持って立っていた。係官はこの男と面識があり、彼に確認して私を引き渡すように思えた（後で知るが、彼の名前はキセと言い、入出国事務を扱うブローカーらしい）。ターミナル・ビルの外に出ると暗闇にロープを張った誘導路を囲んで100～200人もの人々が迎えに来ている。この男はその中からガイドの女性を探し出し私を引き渡した。すべてが何か仕組まれた流れの中で私の入国手続きがすんだ印象である。

ガイドの車に案内され、ひとまずほっとする。ガイドは30歳くらいの女性でその名をアイサトゥー（Aissatou Sène）といい、運転手は少し若い男性で名をエン・バイという。2人ともアフリカ系セネガル人である。ガイドの名前は日本によくある「佐藤」の姓と似ているので確かめると、アッラーにちなんだ名前という。彼女はイスラム教徒（ムスリム）だがイスラムのスカーフは着けずブルゾンとジーンズ姿であった。カレッジで英語を学んだ欧米人専用のガイドのようだ。

私たちの車は暗闇の中、街灯のない淋しい道を走った。ホテルに向かう前、夕食を用意してあるとのことで地元のレストランに案内された。レストランは木造2階建て、天井はヤシの葉でふいてあり、アフリカ風の彫刻や陶器が飾ってある。窓というより大きな開口部から外を見ると木立の中にコロニアル風の住宅が数軒見えた。

ガイドと2人でとった食事は、前菜にキャベツ、豆、オレンジを和えたサラダ、メインは骨付きの魚フライ、味は良いが飛行機の中で食べたばかりなので食は進まない。テーブルに蚊を除くために使う小さなスプレーが置かれている。日本のイエ蚊のような蚊が音もなく飛んできて、早速、靴下の上か

（注5-3）のちに聞いたガイド・アイサトゥーの話では、彼女はセネガルのセレール族出身で、10人兄弟の7番目であり、父は亡くなり、59歳の母は健在である。彼女は熱心なイスラム教徒で一日5回のお祈りは欠かさないという。地元ウォロフ語のほか公用語のフランス語はもちろんのこと流暢な英語を話す。また、ドイツ語と日本語も少し話せるそうで、日本語は日本の旅行会社で働いた時に覚えたという。2012年大使館のコンテストをパスして他のアフリカ諸国のフェロー30人と一緒に2週間日本を訪れ、東京、京都、広島、宮島を旅した。パリに恋人（パートナー）がいるが、若く、ハンサムで金持ちの

ら刺された。

食事を終えホテルに向かう途中、ワッド前大統領が建てたというモニュメントがライトアップされている。暗闇の中に青赤黄色に照らされた巨大な像は遊園地の人形のように見えた。

翌日、郊外の高台に出て、再びこのモニュメントに立ち寄る機会があった。「アフリカ・ルネッサンス」と名付けられたこの像は高さ50mを超えるもので、2010年セネガル共和国独立50周年を記念して建てられたものである。たくましい男性を中心に女性と赤子をあしらい、アフリカ民族の未来の発展を象徴したものという。

アフリカ・ルネッサンス像

日本人がいれば紹介してほしいという。現在、独自に観光ガイド会社を立ち上げ、欧米の観光客やセミナー客を案内しているらしい。

さて、私が宿泊したホテルはダカール市街臨海部にあるモダンな建物で近くに大統領官邸があるという。玄関から入ったロビーの奥のバーで地元の人々が酔って大騒ぎをしていた。ここはイスラムの国でアルコールを飲まないはずだが、このホテルは違うようだ。部屋に入り、蚊に刺されるのは怖いので日本から持ってきた蚊取り線香を焚いて寝た。しかし、日本の線香の匂いは思いのほか強く、部屋が臭くなって後の利用者からクレームが出るのではと少し気になった。

今やダカールは大都市であるが、小説に出てくるダカールは「ヴェール岬の突端に郵便船の寄港地として急に造られた植民都市で、砂丘にバオバブの木が植えられ、上空に尾白鷲と禿鷹の群が舞う荒涼としたところ」と記されている。

旅の2日目

朝9時半過ぎ、ガイドがホテルに迎えに来た。今日はダカールから約260km北にあるサン・ルイに車で向かう予定であるが、途中、ダカール市内の市場やモスクを見て、さらに観光名所のレトバ湖に案内するという。ガ

（注54）セネガルの首都・ダカールはアフリカ大陸最西端であるヴェール岬の先端近くに位置し、人口は245万人（2011年現在）、周辺から様々な民族が流入し、今も人口は増え続けている。
市街は公共機関の集まる中心部のプラトー地区の外側に高級住宅地のファン地区、メモールズ地区、貧困街のメディナ地区などがあり、郊外

イドには予め私の希望する行先を書いたメモを渡していたが、それとは別に彼女なりに私のための観光コースを考え、セットしてくれているようだ。

最初に連れていかれた市場（サンダガ・マーケット）はダカール市中心にある由緒あるドームで、建物には東西南北に4つの玄関があり、玄関には時計をはめ込んだ唐草模様の鉄格子のゲートがある。内部を一周したが生肉、生魚、果物、野菜などが商品台に山盛りに並べられ地元の買い物客でごった返していた。衣類や民芸品はドームの外のテントに並ぶ。

この市場を出てプラトー地区の商店街を行くと露店の商品が路上にはみ出して陳列され、人と車で大混雑していた。さらに市街を走り、メモールズ地区に入ると高級住宅らしい白壁の大きな屋敷が

ダカール・プラトー地区商店街

に人口密集地区のビギン地区、ゲジョワイ地区、チャーロイ地区が広がる。

グランド・モスク

並ぶ対照的な景色となる。

次に私たちが訪れたグランド・モスクはプラトー地区の北部にある。白色の四角い建物にミナレットを一本備え、敷地は広いが駐車場が多くを占め、ガランとしていた。大統領も参拝するという格式の高いモスクで、地方から大勢の信徒がバスで訪れるそうだ。内部は見られなかったが、トルコのモスクと比べると規模が小さく装飾も簡素のようだ。

その後、私たちは郊外に出て、レトバ湖に行くため幹線道路を外れ、舗装されていない埃の道を数キロ走った。沿道にはマンゴーの樹、ガジュマルや

（注5-5）セネガルの宗教構成は人口の90％がイスラム教徒で5～6％がキリスト教（カソリック）である。11世紀初頭、セネガル川流域に伝わったイスラム教はセネガル独自の発展を遂げる。ウォロフ族の聖人アーマド・バンバを祖とするムーリッド教団は、宗主国フランスに結びついて勢力を伸ばし、今や人口の30％を占める。ムーリッド教徒はアングラ経済を握り、前記サンダガ・マーケットにも彼らの店が多いという。

アカシア、ところどころにバオバブの樹がある。また、白い花をつけた綿の木、赤・白・黄色のブーゲンビリアが目についた。黄色いブーゲンビリアは初めて見たが、ここにはグレーのものもあるという。

道路には馭者台のない立乗りの馬車が行き交っている。この馬車は自動車のタイヤをつけた車軸に板を渡し、これを馬に引かせる簡単なものだが多少の荷物は運べるようだ。（143頁「ダカール・プラトー地区商店街」写真参照）

バオバブの樹

道端にオレンジやスイカ（ウォーターメロン）を売る露店が並び、私たちの車が止まると露天商の女性たちが果物を手にして車の窓に群がって激しく買うように勧める。

次に案内されたレトバ湖は海岸近くのせき止められた小さな湖だが、日本の相模湖ほどの大きさに見えた。湖底に溜まった塩を地元の人たちが小舟ですくい上げ、岸辺に干して食塩を生産している。この湖は温かくなると藻が繁殖し湖面がピンク色になるのでラック・ロゼ（バラの湖）と呼ばれるという。

その湖岸はかつての自動車レース、パリ・ダカール・ラリーの決勝ゴール

道端の露天

になっていたそうで、砂浜に白い石のゴールポストが残されていた。この辺りは観光地化しているようで湖の周囲では煉瓦造りの別荘の建設が行われていた。

私たちは湖岸の砂丘に入るためランドクルーザーに乗り換えた。白い砂は雪のようで車で走るとスキーをしている気分だが、激しい上下動は身体にこたえる。砂丘は大西洋岸まで続き、海岸にはサーフィンのできそうな大きな波が打ち寄せていた。

料理「ヤーサ・ギナール」

ロッジに戻り昼食をとる。油で炒めたご飯とチキンにオニオン・スープをかけて食べる料理は、「ヤーサ・ギナール」という国民食で、なかなか美味しかった。この国の主食は米である。

レトバ湖を見たあと私たちはサン・ルイに向かう幹線道路（N166号線）に乗った。ダカールとサン・ルイ間は260㎞あり、車で4時間半かかる。両側はどこまでも続くまだらな雑木林、山の見えない広大な平地、サバンナ地帯の風景である。ところどころにマンゴー園を見かけるだけで耕作面積は全体の1％にもみたないようだ。

ティエス（Thiès）という町で踏切を渡った。この町はイスラム教のモハメッドゆかりの地で近く大統領も出席して生誕祭が行われるという。道路に並行して単線の鉄道線路が走っている。しかし、線路敷地は雑草が生え、ゴミ捨て場になっていて列車が走っている様子はない。

N166号線の道路は片側一車線で、ほぼ一直線である。走行する車は少ない。時々、産業用機材を積んだ大型トラックとすれ違う。

途中、靴づくりの町メケ（Mékhé）を通過し、ワッド前大統領の生まれたケベム（Kébéme）という町に車を止めひと休みした。市街地に入ると交通量が多く、馬車と人が入り乱れている。乗り合いのワゴン車から人があふれ、車の屋根にまで人が乗っている。至るところ路上に子供とヤギがいる。はだしの子供たちは私を見て「ジャポン、ニーハオ」、金をくれと手を出し、ヤ

（注5-6）サン・ルイとダカールを結ぶ鉄道は、植民地政府が1885年に敷設した。当時、鉄道が通過する地域にあったカヨール（Kayar）王国のラット・ジョール王が建設に反対したためフランス軍に殺害されたが、セネガルの独立後、彼は英雄として評価されている。

（注5-7）子供たちは就学する以前にコーラン学校の寄宿生になるという。

ケベムの町

ギは路肩のゴミをあさっている。

サン・ルイに近づくと土地がやや赤味を帯びる。バオバブの樹が少なくなり、しばらく走ると左側に海が見える。やがて鉄橋の架かったセネガル川が見えてきた。この辺りは河口近くなので川幅が広く海と見分けがつかない。

セネガル川は氾濫を繰り返し、また、１８８０年代に大干ばつがあったため、サン・ルイから27km上流に「ディアマ（Diama）ダム」が建設された。しかし、ダムの設置により付近の生態系が変化し、富栄養化が進んだため蚊が繁殖してマラリアが広がったという。

彼らはタリベと呼ばれ、宗教の慣わしとして街に出て施し物を受けるよう仕向けられた一種のストリートチルドレンである。日本のガイドブックには彼らに金やものをあげてもパトロンのマラブー（導師）に召し上げられるので与えないようにと書いてある。

私たちは車の右手に川が運んだ土砂の堆積地（砂州）を眺めながら進み、サン・ルイ市街に入った。サン・ルイについて小説は次のように記述している。

「（主人公の）ジャンは船で来たので沖からは分からなかったが、岸辺に蝟集している数限りない人間の群れ、幾千となく並んだ藁葺の小屋（中略）そこにはヨロフ（ウォロフ）族の二つの大きな町、ゲット・ンダールとヌダール・トゥットがあり、これによりサン・ルイの町は海（大西洋）から隔てられている。」

サン・ルイの街はダカールと比べるとかなりローカルな印象を受けた。沿道には古びて草臥れた民家が並ぶ。もちろん高層の建物など見当たらない。

私が宿泊したホテルは中州であるサン・ルイ島の川岸に立地していた。ホテルは赤い建物でブルーの窓枠があり、ロビー・カウンターやテーブル、壁の絵もコロニアル風の落ち着いた施設であった。部屋のベランダからフェデルブ将軍橋が見える。ロチの時代を思い起こさせるホテルであった。

ところで部屋に入ると寝台の上に白いレースが垂れ下がっている。何かと見れば蚊帳であり、今晩から早速役立てて、持参の蚊取り線香は焚かないですんだ。

（注5-8）サン・ルイ（Saint-Louis）の名は植民地時代の宗主国フランスのルイ14世にちなむという。ダカールより古くから仏領西アフリカの首都であった。人口は57万人（2004年現在）で、今も植民地時代の美しい街並みを残しているため世界遺産に登録されている。

１６５９年、フランスはセネガル川の中州（ン・ダール n' dar）のサン・ルイ島に商館を作り、商館の長は総督と呼ばれ仏領西アフリカ統治の中心的役割を果たした。なお、この島は１８１５年のウィーン会議でフランスの植民地と認められている。

（注5-9）観光名所になっているフェデルブ将軍橋

サン・ルイのホテル

フェデルブ将軍橋と筆者

は1854〜65年フランス植民地総督を務めたルイ・フェデルブに由来し、橋のたもとに彼の銅像が立っている。彼はセネガル川による交易でモーリタニア（ムーア）人に支払う通行税をなくすため、川岸に要塞を築き、抵抗した地元の首長を討伐し、1859年セネガル川流域をほぼ平定する。現在ある内陸部の都市（Podor. Matam. Bakel 等）は要塞の置かれたところが発展した町という。

彼は人質として捕えた若者たちにフランス語教育を施し、セネガル狙撃兵（注5-11参照）を組織した。また、彼は地域振興のため落花生栽培を奨励し、今の時代でもこの国の主要農産物となっている。

旅の3日目

早朝、祈り（アザーン）の声で目を覚ます。ここはやはりイスラムの国なのだ。ホテルの前を散歩すると川面に霧がかかっている。潮の香りとゴミの臭いがして路上でヤギが生ゴミをあさっている。

ガイドが迎えに来て今日はジュゥジ鳥類国立公園に案内するという。公園は市街からセネガル川を60㎞ほど北に遡ったところにある。前記ディアマ・ダムはこの公園の少し下流にあるようだ。

公園に向けサン・ルイ市街を車で行く。朝のマーケットは人々で賑わっていた。市街の外れにサン・ルイ大学のフェンスが続く。ダカール大学に次ぐセネガルで二番目の国立大学で、国内各地から学生が集まり、広い敷地の中の寄宿舎で生活しながら学んでいるという。

市街を抜け、セネガル川に沿って走ると土砂が堆積した砂州は広大な赤土の砂漠のようである。草木はほとんどなく、ところどころに水たまりがあり、そのまわりに若干の葦が生えている。送電線の鉄塔以外に構築物は見えない。土砂を積んだダンプカーが列をなして走り、工事現場でショベルカー

（注5-10）ジュゥジ鳥類国立公園（Parc national des oiseaux du Djoudj）は、16,000ヘクタールの緑地で、ラムサール条約による鳥類保護区に登録され、世界遺産にもなっている。この地に飛来する渡り鳥は、フラミンゴ、ペリカン、ガンビアガン、ウ、カモ、サギなど300万羽以上で、鳥以外にもオオトカゲ、ニシキヘビ、クロコダイル、イボイノシシ、ハイエナなどが棲息するという。

が土を掘り水路を造っていた。道路は舗装されておらず、乾燥した凸凹道のため、車の振動が激しく、乗っているだけで疲れる。

こうした道を約1時間走り、ようやく公園管理事務所に着いた。ここでチケットを買い公園区域に入ると水溜りが増え、植生も豊かになる。水辺には野鳥が飛び交い、野生のイボイノシシがいた。鳥の種類はよく分からないが、多いのはペリカンと「コルモラン」と呼ばれる川鵜に似た鳥で、他に各種のサギ（鷺）も見かけた。私はGrand Lacと標記してある長さ数キロもありそうな大きな池に案内された。この池は雨期に川から水を入れ、乾期には水門を閉じて水を保っているという。

ペリカンの群

コルモランの群

　私たちはこの池でボートに乗り、水上から野鳥の生態を見学することになった。水辺の桟橋に降りようとしたとき誰かが「蛇だ！」と叫ぶ。草むらを覗くと太さ約15㎝、長さ2〜3ｍのニシキヘビがゆっくり移動している。緑がかった黄茶色の模様のある胴体を間近に見たが、不思議と恐怖感がない。しかし、自分がアフリカに居ることを実感した。

　ボートで池の中を進むと水面にペリカンが群れ、岸辺の灌木に川鵜（コルモラン）が鈴なりに止まっている。鳥たちがボートのエンジン音に驚き一斉に飛び立つ様子は圧巻である。ここにはヨーロッパ大陸から何百万羽もの野鳥が越冬のため訪れるという。茂みに目を凝らすとイボイノシシ、クロコダイル、野生の猿、そして

「ジャカナ」とかいう茶色の小鳥など説明されても分からない珍しい鳥たちの姿がある。

池の奥に進むと、何千羽ものペリカンが羽を休めている島があった。島がぎっしりと群れた鳥で覆い隠されている。群の中に黒いペリカンを見かける。通常、ペリカンは羽が白く、嘴が黄色と思っていたが、幼いペリカンは羽が黒い。越冬を終えた親鳥は、この池に幼鳥を残して元の住まいに旅立つという。浅瀬には「ロティア」という睡蓮が紫色の花を咲かせていた。興味は尽きないが、水上に1時間以上いると寒くなる。帰り際、ニシキヘビが鎌首をもたげ泳いでいる姿を目にした。

再びサン・ルイ市街に戻り、ホテル近くのレストランで昼食に国民食の「チェブジェン」を食べた。この料理は、米に白身魚の切り身と玉ネギ、ニンジン、トウガラシなどの野菜を混ぜ、

料理「チェブジェン」

油とトマトピューレで炊き込んだご飯で、味は良いが、かなり脂っこい（この後、私は腹具合がおかしくなった）。

主人公ジャンが住んだサン・ルイ島（たまたま私のホテルもここにあった）は、セネガル川に浮かぶ中州の島である。この島は川の左岸とフェデルブ将軍橋でつながり、右岸とはムスタフ・マリック・ゲ橋で結ばれる。左岸はセネガル本土であるが、大西洋に面する右岸は川の流れで形成された細長い砂州の半島で、その付け根は隣国モーリタニアになる。右岸の半島には小説が記すゲット・ンダール（Guet n´dar）とヌダール・トゥット（N´dar Tout　ここで読み方は小説によるが、ガイドはナルトゥールと発音していた）の二つの町がある。

小説でファトゥーがジャンの形見の時計を売りとばし髪飾りにかえたのはゲット・ンダールの露店であった。

ホテルに戻る前にサン・ルイ島の南部の街に行ってみた。小説でサン・ルイの街の家屋は赤いレンガ造りで、青みある白い石灰をつけたバビロニア風のテラスをもち、棕櫚の木が植えてあると書いている。ジャンとファトゥー

サン・ルイ島の南部市街

が住んだという「サンダ・ハメ」という場所はガイドにも分からなかったが、おそらく、静かな住宅が並ぶこの辺りなのだろう。

この日の午後ガイドの計らいで市街を馬車に乗って見学することになった。ようやくロチの小説に出てくる場所に行けると期待する。

ホテルに迎えに来た馬車は自動車のタイヤを4つはめた箱を一頭の馬が曳く簡単なものだが、御者台の後ろに4人掛けの席がある。馬はゆっくり進むので街もゆっくり見物できる。

私たちの馬車はサン・ルイ島の郵便局庁舎前から古い港湾荷揚げ施設をまわり、裁判所支部など公共機関のある地区——この辺りは植民地時代に軍の駐屯地があり、ジャンも住んだと小説に書いてある――をまわり、フェデルブ将軍像の前からマリック橋を渡ってゲット・ンダールの街に入った。

この街について小説は無数の尖った屋根を持った黒人部落の雑踏で、ラクダを連れた隊商が駐在し、いろいろな珍しい商品を売りさばいていると書いている。

私の見たゲット・ンダールは、漁民たちの活気にあふれ、猥雑ともいえるごみごみした街であった。今は小説に記す尖った藁屋根などないが、小さな家がひしめき、大通りに人があふれている。住民は皆知り合いで街路に出て

ゲット・ンダールの街

近所付き合いを楽しんでいるようだ。チャーターした馬車で通りを行くと街の人が馭者に声をかけてくる。彼らは顔見知りのようで人懐っこい。そのうち私の馬車の空席に地元の人たちが乗り込んできた。タクシー代わりにこの馬車を利用するようだ。降りるときには一応私に挨拶していく。

この辺りには広さ40～50坪の家がひしめいていて、一軒の家に親子3世代30～40人が暮らしているという。地区の南の外れに魚市場があり、トラックが並んでいた。獲れた魚をマリやモーリタニアなどアフリカ奥地に輸出しているという。砂浜に並ぶ漁船は先端の尖った昔ながらの木製の小舟で、一家

ゲット・ンダールの街　その2

浜辺の漁船

に一艘持っているそうだ。家族総出で船を建造し、漁具の修理をしている。この街の住人は皆漁師なので泳げない人はいない。ヴェール岬の沖合は豊かな漁場だが、最近、日本や中国のトロール漁船が来てさらっていくので漁獲量は落ちているという。

いずれせよこの街は、ロチが小説で書いているように人の群であふれているが、人間味にもあふれた街であった。

旅の4日目

今日はダカールに帰る日だが、出発前に小説に出てくるヌダール・トゥットの街を見に行くことにした。マリック橋を渡り、大通りを昨日とは反対の北の方に進む。朝９時、未だ街の人通りは少ない。モスクの尖塔が朝日に照らされている。浜辺に出ると数多くの小さな漁船が係留してある。ここから小説でジャンが内陸での戦いに向かう際、彼の加わるフランス軍が集結した平坦な離れ島、ポップキオル（Pop k'nior　ガイドはポップチョーと発音していた）が近くに見えた。

これでサン・ルイの見学は終わり、再びフェデルブ将軍橋を渡り、たもとにあるマーケット広場の混雑を抜けてダカールへの帰途についた。来た時と同じ２６０㎞の国道を延々と続くサバンナ地帯の疎林を眺めながらドライブした。

今回の旅行で、小説のジャンが戦死し、ファトゥーが赤子を殺して自殺したというディヤンブゥール（Diambour）の平原に行ってみたいと思ったが、そこはセネガル川を遡った奥地にあり、

サバンナの荒地

正確な位置もつかめないので時間がかかり、何よりも道が険しく危険なので諦めることにした。しかし、彼らの死んだ場所も写真のようなサバンナにある疎林の荒れ地であったのだろう。

ダカール近くから高速道路に乗った。どこの国でも地方に比べ首都圏のインフラ整備は進んでいる。ひと昔前の東京もそうだった。未だ新しい高速道路は空いていてスピードが出せる。この道路の利用者が少ないのは、やはり利用料金が高いせいか。高速道路を降りたとたん市内の一般道はすごい渋滞で、カーラビットと呼ばれる乗り合いのワゴン・バスから乗客があふれていた。こうして、あらためてダカールの街を眺めるとサン・ルイの街より格段に大きな都会である。

私たちは大統領官邸近くのレストランで昼食をとった。この辺りはビジネス街で、周りに銀行やオフィスビルが並ぶ。レストランの利用客、特に女性客がおしゃれでファションモデルのような人が多い。着物やアクセサリーの色彩が鮮やかで日本の女性より垢抜けている。ビーズをつけた頭巾（コワフュール）、ゴールドのイヤリングやネックレス――特にゴールドは黒い肌によく似合う。小説でもヒロイン・ファトゥーはおしゃれに気を遣っていたと書いている。この国の女性は衣装に金をかけるそうだ。特に服地の選び方にうるさいという。この国に来て私はアフリカ系の人々の美しさを見直した。男性も女性も体つきがすらりとして顔つきも彫りが深く鼻筋が通っている。粗末な体型の日本人とは骨格が違うので比較にならない。

食事の後、市内を見物する。今は使われていない旧ダカール駅を見た。コロニアル風の美しい建物だが、長年放置されているため壁が崩れ窓ガラスは割れたままの廃屋になっている。サン・ルイまで延びる鉄道線路と併せ活用しないのはもったいない。

旧ダカール駅

駅前にセネガル狙撃兵のモニュメントがあり、駅の裏に新しい劇場が建っていた。劇場は東洋的デザインの鉄筋コンクリートの建物で中国の援助で造られたものらしい。今、中国のアフリカ進出は著しいようだ。

引き続きガイドの計らいで、今は観光名所となっている奴隷貿易の拠点・ゴレ島（Ile de Gorée）を見学することになった。旧ダカール駅の近くに船着場があり、そこから30分ほどフェリーに乗る。この船に乗る人は多く、観光客だけでなく社会科の勉強のため島に行く生徒たちもいた。船を待つ間、ターミナル・ビルの2階に展示されているダカール市の沿革を示す古い写真を見る。往時の港の開発や鉄道の賑わいの様子が白黒の写真で数多く残されていた。

ゴレ島は小さな島で1時間もあれば見終える。私は奴隷を一時収容し、健康状態や労働への適性検査をして送り先を決めたという拠点施設、「奴隷の館」を見学した。奇妙な形をしているが思ったより小さな建物であった。

フランスはゴレ島を拠点とする奴隷交易により、１５００年~１８００年の３００年間に約４００万人の奴隷をアメリカやカリブ諸島に送ったという。

（注5-11）セネガル狙撃兵（Tirailleurs senegalais）はセネガル歩兵とも呼ばれ、小説の中で主人公ジャンの味方として一緒に戦地に赴き、戦う場面が随所にみられる。狙撃兵とは軍の本隊に先行し、散開して戦う部隊である。セネガル狙撃兵は前記フェデルブ将軍が植民地の現地人を組織したことに始まり、後世まで引き継がれる。彼らは正規のフランス兵として徴兵され、第1次大戦に17万人（仏軍の3%を占め、そのうち3万人が戦死したという）、第2次大戦に20万人（仏軍の9%を占め、インドシナ等に派兵され2万5千人が戦死したという）が参戦した。彼らは勇猛でフランスでは高い評価を受けるが、他国からは残

奴隷の館

引き換えに綿（コットン）、砂糖、タバコなどを受け取る三角貿易で多大な利益を上げた。このような非人道的行為を打ち切ったのは1848年の奴隷解放宣言以降であり、ようやく2001年、フランス国民議会は、奴隷制が人道に対する罪であると認めた。このような悲劇の島であるが、私の浅薄な目で見たかぎり、フランスへの恨みを訴えるモニュメントは少なく、また、セネガルの人々にフランス人に対して怨念を抱く様子が見られなかったのは意外であった。

虐なイメージを持たれたという。1944年12月1日、ダカール近郊のチャーロイ・キャンプで帰還兵1280人が給料の遅配を理由に暴動を起こす事件が起きている。

館を出て砲台のある島の頂に登るとダカール市街がきれいに一望できた。そこから降りたところにフェデルブ将軍の創設したウィリアム・ポンティ師範学校の建物がある。３階建ての赤レンガ造りの建物は、今は廃校になり窓に洗濯物が下がる一般住宅になっていた。

帰りのフェリーは、昼間、この島に出稼ぎにきている大勢の地元女性がダカール市内に戻る最終便に当たり満員であった。これで私のセネガルでの行程は終了した。

一旦、初日に泊まったホテルに戻りひと休みしたあと、帰りの飛行機に間に合うようガイドの車で空港に向かった。しかし、道路の渋滞が激しく出発時間が迫り、余裕がなくなる。

空港に着くとガイドは入国した時に迎えに出た男に私を引き渡す。男は私を連れて人であふれる出発ロビーを進み、もう1人の太った男に私を引き渡す。この男は私のパスポートと航空予約券を預かり、20€用意せよという。男は私が頼みもしない出国カードを作成し、出国審査を待つ人の列をパスして出国審査官の前に私を連れて行き、金を受け取って立ち去った。審査官に

（注5-12）フェデルブ将軍は討伐した内陸部の首長の子弟を解放奴隷として扱い、人質学校（ウィリアム・ポンティ師範学校）に入れてフランス語の話せる人材に育成した。また、彼らにフランスの市民権を与え、植民地行政を担う下級官吏として活用したという。

彼のつくったカードを渡すと黙ってパスポートに出国スタンプを押してくれた。この男たちの存在はガイドから聞いていたが、何とも釈然としない。彼らは審査官とツーカーのようで、出入国という公の事務を代行するこのようなブローカーの存在に違和感は禁じ得ない。

確かに知らない国で出発時間が迫っているのに自分で出国手続きをするのは困難なので、あるいはガイドが気を利かせてくれたのかもしれない。こうして急いだにもかかわらず飛行機は定刻より1時間余り遅れて離陸した。いずれにせよ無事出国できたことは何よりで、パリに着いた時にはホッとした。

第6章　氷島の恋人（Islande）

小説『氷島の漁夫』をめぐる旅

ストーリー

小説の舞台となるブルターニュはフランスの西端に突き出した半島で、北は英仏海峡、南は大西洋に面する。この半島に古くから住むケルト民族は漁業で生計をたて、独特の文化を育んできたという。

物語の主人公ヤン（27歳）は、半島北側にある港町・パンポルの漁師で肩幅の広い大男であった。彼は毎年3月から8月末まで、北洋の氷島・アイスランド沖で鱈（たら）を獲る船に乗り込む。彼がペアを組むのは彼の妹の許婚者・シルヴェストル（19歳）、2人は太陽の沈まない薄明の海で時には嵐に会いながらも楽しく操業を続ける。

女主人公のゴオド（20歳）は同じ町の出身だが親が金持ちであったためパリで都会生活をして再び町に戻ってくる。彼女は地元の舞踏会でヤンを見初め、彼に夢中になるが、彼はよそよそしい態度をとり続ける。周囲は2人に結婚を薦めるが、ヤンの頭の中には北洋の漁のことしかなく、自分は海と結

（注6-1）ローマ帝国が衰退した5世紀、ブリテン島にアングロ・サクソン人が侵入したためウェールズやアイルランドから追い出されたケルト人がブルターニュに移り住み、ローマ化していないブルトン人として独自のケルト文化を育んだという。
　その後、彼らはフランク王国の支配に反抗し、845年ブルターニュ公国を立ち上げる。彼らの独自意識は強固で、服従の姿勢をとることがあっても自民族以外の支配者に直接統治されることはなかった。しかし、15世紀半ば以降、公国の女王

婚する約束をしたと答える。

シルヴェストルの祖母・モアンは、夫と息子を海で亡くし、孫のほか身寄りのない76歳の老女である。ゴオドはシルヴェストルと従姉弟同志で、幼いとき彼の子守をしたことがあった。


北洋の漁から戻ったシルヴェストルに兵役の通知が届き、彼は同じ海でも今まで経験したことのない熱く広い海を渡って安南（コーチシナ）のトンキン湾に派遣される。現地で5ヶ月ほど待機したあとの戦闘で、偵察に出た彼は稲田の中で敵に遭遇し胸を撃たれる。彼は負傷兵としてフランスに帰る病院船に乗せられるが、赤道直下の暑さと船の揺れから病状が悪化し息を引き取る。彼の遺体はシンガポールの名もない墓地に埋葬された。

彼の死を知らされたモアン婆さんは悲しみに打ちひしがれ、見かねたゴオドは婆さんの家に同居し彼女の面倒を見る。一方、ヤンは船の上でシルヴェストルの死を知り、泣きながら漁を続ける。

この間、ゴオドの父親は事業に失敗し無一文で死んだため、彼女は町に働きに出て仕立ての仕事をして婆さんとの生活を支える。8月の末、ヤンは戻

アンヌの時代にフランス王の支配が及び公国は滅びる。それでも彼らのブルトン気質は損なわれることなく、近代に至るまで分離独立運動の気運が続いたという。

（注6-2）ブルトン語でヤン（Yann）とはジャン、ゴオド（Gaud）とはマルゲリイトの呼び名である。また、ブルトンの方言でイスランデ（islandais）とはアイスランド沖で鱈（タラ）を獲る漁師を指す。小説の時代、パンポル周辺の漁港から、20人余りの漁師を乗せた2本マストの帆船（スクーナー）が、毎年、40～50艘、アイスランド沖で鱈（タラ）を獲るために出航していったという。

るが酒ばかり飲み、荒れた生活をしてゴオドに会うのを避け、彼女の気持ちを察しようとしない。

やがて冬になり、暗い家で老化が進んだ婆さんは居眠りばかりするのでゴオドは心細くなる。ある日、婆さんの飼い猫に付近の子供たちが石を投げて殺したため、婆さんと子供たちが路上で喧嘩になった。通りかかったヤンが取り乱した婆さんをなだめて家に送り、ゴオドも加わり婆さんを落ち着かせる。改めて家の中の様子を見たヤンは、2人の貧しい暮らしぶりを目にし、突然ゴオドに結婚の申し込みをする。ゴオドは感極まって返事ができないまま涙を流し、彼と接吻を交わす。

2人の結婚式はヤンが氷島に出発する6日前に行われた。この地方の慣習で婚礼の行列は村を練り歩く。その日はあいにく強い西風が吹き、海は大荒れであったが、村中の人々が集まり祝福してくれた。ヤンは結婚する約束をたがえたため海が怒っていると独り言を言う。

2人は出航の準備に追われながら短い新婚生活を送り、ゴオドは夫を引き留めたい思いを堪えて出航を見送る。7月末、彼女は夫から元気に漁を続けているとの手紙を受け取った。

さて、漁期の終わる8月末、北洋に出かけた船は次々と戻ってくる。ゴオドは海を見渡す崖の上に終日座って夫の帰りを待つが、9月末になってもヤンの乗った船だけが帰らない。彼女は難破船水夫の記念堂を訪れ、遭難者の位牌を見て不安に駆られる。10月になるとゴオドは家に籠って、食事も眠りもしないで壁に頭をつけ呻き声をあげていた。このため彼女は蒼白くやせ細っていく。ある日、ヤンの父親が励ましに来て、もしかして息子の船は遠方の島に寄っているのではないかと言う。彼女はその言葉をたよりに再び待つことにした。

しかし、小説の最後には、遡る8月のある夜、氷島の沖合、凄まじく荒れ狂う響きの中でヤンと海との結婚式が挙げられたとある。彼はゴオドを思い、全力でもがき闘ったが力尽き、海という死の新妻に抱かれた。

（注6-3）現実の話として、ロチには、35歳当時、パンポルに恋人がいて何度か会いに行った。彼女はロチの海軍の同僚の妹で、ロチは求婚までしたが果たせず彼女は別の男性に嫁いだという。

【参考図書】
ピエール・ロチ著『氷島の漁夫』（吉江喬松／訳・1938年9月25日・岩波文庫）
Pierre Loti Pêcheur d'Islande（1893 Folio classique）
Éditions Gallimard 1988

CARTE DE LA RÉGION DE PAIMPOL

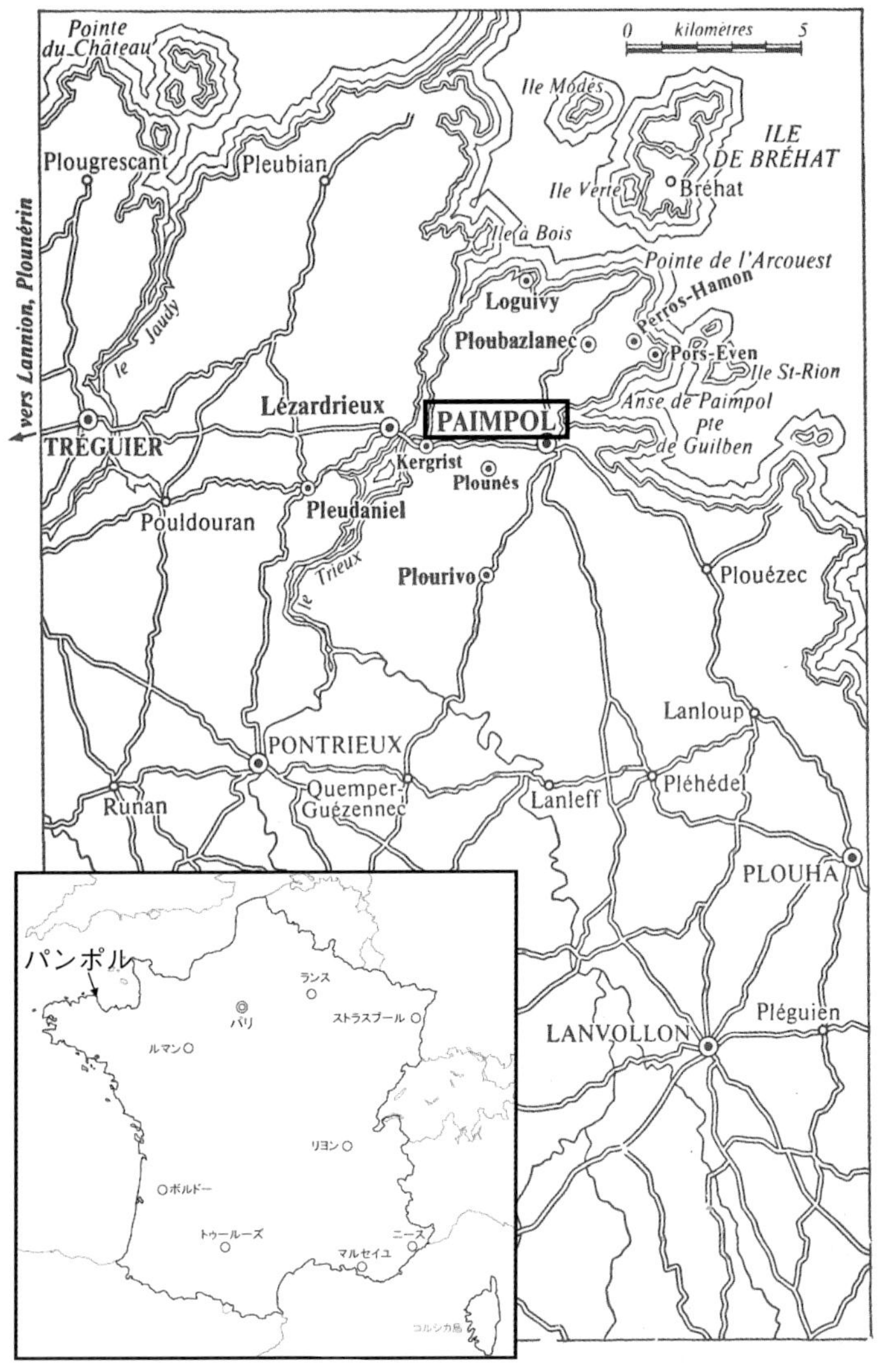

パンポル（Painpol）地方の地図
（『氷島の漁夫』より）

私の見た風景

旅行日
2014、06、10
～06、12

ピエール・ロチの小説「氷島の漁夫」の風景を求めて小説の舞台となったフランス・ブルターニュ地方の港町パンポル（Painpol）を訪ねた。妻と私は日本を出てパリで一泊したあと、モンパルナス駅からＴＧＶ・新幹線に乗った。６月初旬のフランスは空気が爽やかで花と緑が美しい。しかし、天気が変わりやすく、昨日、雷を伴う大雨が降ったあと晴れ上がり、やや蒸し暑くなった。夏至が近いので日照時間が長く、夜は９時ごろまで西日が照りつける。

（注64）パンポルはブルターニュのコート・ダルモール県にある人口約８０００人の港町で、かつて遠洋漁業で栄えたが、今は野菜の集散地になり、観光の町でもある。この町は「フランスで最も美しい町１００選」の一つに選ばれている。

旅の1日目

私たちの乗る列車がモンパルナス駅を発車したのは午前11時、未だ小雨が降っていた。列車は20両編成と長いが、半分の車両は途中駅のレンヌ(Rennes)で切り離される。客席は30％程度の乗車率で空席が目立つ。しかし、同じ車両に教師に引率された小学生グループがいて賑やかであった。

列車が出発して20分も走ると窓の外は緑一色の小麦畑、一部は黄色く色づいて刈り倒してある。ところどころで風力発電のプロペラがゆっくり回っている。雨は止んだようだが相変わらずの曇り空、遠くは霞んでいる。列車は時速２００㎞ほどのスピードで走り、1時間半でレンヌに着いた。天気は快晴になる。レンヌを過ぎて列車のスピードが落ちたが、これは在来線の線路に入ったためらしい。窓の外は相変わらず同じ景色が続く。緩やかな丘陵に牛が放牧されている。

向かいの席に座った老婦人は静かに雑誌を読んでいたが、私たちが日本から来てパンポルに行く旨を告げると、彼女はパンポルに住んでいて、これから帰るところだという。彼女の親せきの娘がムラタ某という名前の日本人男性と結婚していると話してくれた。

パンポルに行くにはギャンガン（Guingamp）という駅でローカル線に乗り換える。ギャンガン駅のプラットフォームは鄙びた感じで、TGVからの乗り継ぎ客を待つ一両編成のディーゼル車が停まっていた。

　この路線は単線で、一日午前2回、午後2回、ディーゼル車と今は珍しいSL車で運行している。乗客は15人ほどで車内はガラガラ、発車すると踏切やカーブでけたたましく警笛を鳴らしながら走る。窓からの眺めは雑木林と麦畑の連続、しばらく走ると水の涸れた川を見下ろしながら進む。横揺れが激しく妻は乗り物酔い気味になった。1時間ほど走ると山間を抜け、前方が開けて集落が見えてくる。終点のパンポルの駅舎がオモチャの小屋のようにみえた。駅舎は海老茶色の2階造りの建物で、駅前に青空駐車場があるだけで商店街は見当たらない。

パンポル駅とディーゼル車

パンポル駅で予約したホテルを探そうとするが構内に案内所（インフォメーション）や市街地図の掲示はない。荷物があるので歩くよりタクシーに乗れば行く先も分かる。駅前に停車していたタクシーの運転手にホテルまで連れていってほしいと頼むと、２００ｍほど先なので歩いて行けと言われる。それほど近いのか半分疑いながら、気分のすぐれない妻を駅に残して探しに出かけた。通りがかりの人に訪ねるとホテルは目先の建物と教えられ、あらためてさっきのタクシー運転手は正直者だと感心した。

ホテルは駅前通りの入口にあるロータリーに面していた。建物の1階がレストランで、2～3階がホテルになっている。部屋数10室程度の下宿屋のような簡素な施設である。フロントの女性は私の名前で予約を確認しただけでパスポートの提示も求めない。また、夜中に出入りできるよう裏玄関のカギを渡してくれた。大層、おおらかな感じがする。チェックインしたのが午後4時過ぎなので未だ陽が高く、一休みしたあと私はロチの小説に出てくる場所を一部廻ることにした。

フロントでタクシーの手配を頼むと10分ほどで迎えにきた。運転手に地図を示し、小説のヒロイン・ゴオドがモアン婆さんと住み、後にヤンとの短い新婚生活を送った家のあるプルパラネック（Ploubazlanec）地区と、ゴオドがヤンの出航を見送り、帰還を待ち続けたポル・エヴァン（Pors Even）の港に行ってくれるよう頼んだ。若い運転手は小さな町なので１時間ほどで廻れると言う。

タクシーはホテル前の街路を２~３km進んだあと脇道に入った。海に面した傾斜地に狭い耕作地と灌木の叢がつづく。やがて住宅の石塀の間の曲がりくねった細い道をしばらく進み、海岸の岩場に着いた。沖に岩礁が見え、釣り船が浮かぶ。ここがポル・エヴァンの港らしい。

小説によれば、アイスランド沖で鱈（たら）を獲るためヤンとシルヴェストルが乗った帆船（マリー号）は乗組員10人程度の比較的小型の船であったようだ。彼らは一日中太陽の沈まない白夜の海で漁をし、時化（しけ）に遭ったときはマストに身体を縛りつけて耐えたという。漁期は毎年３月から８月末まで、彼らは獲った魚を塩漬けにして持ち帰り、ブルターニュの南方・ビスケー湾方面に

（注6-5）プルパラネック地区はパンポル街区の北側に隣接する行政区で海に突き出た小半島になっている。ポル・エヴァンやログィヴィはその区域中に含まれる。

ポル・エヴァンの港

行って売り捌き生活費を稼いだという。

小説の時代、ポル・エヴァン港と周辺の港から毎年40~50艘の帆船(スクーナー)がアイスランド沖の漁場に向け出航したが、北洋の気象条件が厳しく、嵐のため遭難する船が後を絶たなかったようである。しかし、ブルターニュの漁師たちは遭難にめげず、親が死ぬと子が、子が死ねば孫が引き継いで粘り強く漁に出た。小説の主人公たちも自分の船に信頼を置き、嵐を怖がる様子を見せない。そこには何か漁師の誇りと宿命のようなものを感じる。

　さて、私が目にしたポル・エヴァン港は小さく、護岸には倉庫がひとつあり、魚を入れる樽のような運搬資材が置いてあるだけであった。港の周辺には10数軒の石造りの民家が点在し、その先は灌木の叢がつづき遠くに教会がひとつ見える。

　港への入口付近を歩いてみると、T字路の突き当りの建物にピエール・ロチ通りと書かれた標示がある。また、その隣に白いマリア像をはめ込んだ鉄の十字架が建っていた。この十字架はその後、この地区の別の場所でも何度か目にした。

　道の反対側にラ・トリニテ教会（Chapelle de la Trinité）への道筋と記した矢印があった。小説の主人公のヤンとゴオドが婚礼の日に親族と出かけた

道路標示とマリア像の十字架

教会である。小説によれば、この日、海が荒れ、打ち寄せる波のため婚礼行列が危険にさらされるので途中で引き返したと書いてある。

私はラ・トリニテ教会へ向かう道筋を少し歩いてみたが、自動車の入れない雑草の茂る小道で、前方に教会の建物が見えるものの、とても近づけそうにないので諦めて引き返すことにした。

ラ・トリニテ教会（遠景）

次に、私たちはプルパラネック地区に戻った。小説でモアン婆さんとゴオドが住んだのは海辺の街道沿いとしているが、その位置は特定できない。タクシー運転手は地区の中心らしい集落に案内してくれた。街道沿いに石造りの家が並んでいるが人影はなく、車の往来もない。また、商店らしいものも見当たらない静寂の町である。家々は古いが玄関や庭に季節の花を植え、人々は余裕ある生活をしているように思えた。

集落の街路が広がったところに集会所らしいものがあって、道の向かい側がフェンスで囲まれた墓地になっている。その入口に「海で行方不明になった人たちの墓所（Mur des Disparus en mer）」と記した門柱が建ち、町長の名で「氷島をしのぶ記念館（Musée

氷島人の墓地

Mémorie d'Islande)」と表示されていた。

門を入ると数多くの墓石が林立し、その多くは十字架の形をした石碑でキリスト像をつけている。墓石には祀られた人の氏名と生没年が記され、花もたくさん供えられていた。関係者のお参りが絶えないらしい。

ここに記されたアイスランド（Islande）とは、小説のタイトルである「氷島」のことである。ここに来るまで私は、この墓地の存在を知らなかった。また、このような小説と関係深い場所に連れていくようタクシー運転手に頼んだわけでもなかった。にもかかわらず、いきなり１８００年代に海で行方不明になった漁師の数多くの記念碑にめぐり合い、驚くとともに小説に関係する重要な史跡に案内してくれた運転手に深く感謝した。

さて、この墓地で何気なく写真に撮った碑文をよく読むと、ピエール・ロチと彼の古い友人・ヤンの名前が記されていた。碑銘のヤンはポル・エヴァンの救難艇を漕いでいたが、海難事故により命を落としたと書いてある。小説の主人公・ヤンはフィクションなので、これと別人物のようだが、それにしても意外なものを見つけた気分であり、同時にピエール・ロチの形見が各地に多く残っていることに感心した。

このような墓石群をみるとこの町、そしてブルターニュ地方の昔の人々が海に生き、海で死んでいったことが深刻にうかがえる。

記録によれば、1852年から1935年の間にブルターニュを出航した船のうち約120艘が嵐に遭い遭難し、うち70艘が沈没し、2000人余りの漁師が亡くなったという。プルパラネック地区では犠牲者を偲んで木製のプレートに船名、遭難の年月、場所を記して祀った。これらのプレートは、ここ「行方不明者の墓所」とポル・エヴァンの「難破船水夫の記念礼拝堂（ペロ・アモンの記念堂）」に残されている。

ブルターニュの人々にとって海は特別な意味を持ち、命の危険を

ヤンの墓標

賭して海に出て行く男たちと陸に残って彼らの帰りを黙々と待つ女たち、いずれも海の力に忍従するケルト民族の特徴を示すといわれ、それがロチの小説の主旋律になっている。

ジュール・ミシュレの『フランス史』によれば、「ブルターニュ地方の女たちは強く、土地を耕すのは彼女たちで、男以上に働き、男たちは荒れる海に揺られ打ちのめされながら船の上で生涯を過ごした」とある。また、海の厳しさについて、「ブルターニュ半島の先端、ラー（Raz）岬の先に赤い岩礁があり、怖い思いをせずに無傷で岬をこえることはできない」と記している。

（注6-6）Jules Michelet Histoire de France（大野一道、立川孝一／監修『フランス史』２０１０年刊・藤原書店）

こうして私は、思いがけず小説に関係深い史跡を見学することができ満足してホテルに戻った。

時間は午後6時、未だ日が高く部屋に強い西日が差し込んでいる。部屋は暑いので夕食をとるため街に出かけた。何もない駅前を通り過ぎ、海の方向に10分ほど歩くとパンポルの港に着く。さほど広くない波止場にたくさんのヨットが繋留されていた。昔、タラ漁業で繁栄していた時代は、漁に出る帆船が港に隙間なく並び、船の甲板を伝って港の端から端まで歩いて行けたという。

港の周囲にはレストランや土産物店が並ぶ。ここには夏の時期に多くの観光客が集まるそうだが、今は閑散としている。私たちは波止場に面したクレープ・レストランに入り、ガレットとビールを注文した。ガレットはそば粉を練ってバターで焼いた日本のお好み焼きのようなもので、この地方ではポピュラーな食べ物である。ガレットには地酒のリンゴ酒・シードルが合うとされるが、私が注文したのはビール、やや濃度のある地ビールでとり合わせは悪くなかった。

パンポル港

再びホテルに戻るが未だ西陽が差している。シャワーを浴びてくつろぎ、暗くなるのを待つが、夜の9時でも青空に白い雲が浮かんでいる。この土地は朝晩の寒暖差が大きく、明け方、部屋に備えつけのスチーム暖房を入れた。夜は静寂そのものである。窓からのぞくと人の姿はなく、田舎特有の夜の空気、子供の頃に味わった夜の気配を感じて懐かしい。円い月と北斗七星がきれいに見えた。

旅の2日目

早朝、よく晴れている。目が覚めてホテル周辺を散歩し、あらためて町のたたずまいに感心する。

石造りの家並みは整っていて清潔である。朝の空気は冷たく寒い。人々が起きだし、各家は扉を開けはじめたところで、未だ道路に車は走っていない。

ホテル周辺・早朝の街

これがフランスの田舎町で営まれる日常生活の始まりなのだ。

朝10時、再び小説に関係する場所を廻るためタクシーを呼ぶ。同じタクシー会社から年配の運転手の車が来た。昨日の順路と重複するところもあるが、まず、地図に表示されているピエール・ロチ通りに行ってもらうことにした。

ホテルから2～3分走ったロータリーで分岐してこの通りに入る。街路樹に覆われた比較的広い道である。しばらく進むと突き当りに高校があり、ピエール・ロチ海洋職業高校と表示されている。校門から中を覗くと緑に覆われた3階建ての校舎が見え、授業中のようである。

ピエール・ロチ海洋職業高校の門

校門の前に港を見渡す広場があり、ピエール・ロチ通りはそこで終わる。昨日ポル・エヴァンの港で見た同じ名前の通りと、どこかで繋がっているのかもしれない。

私たちは少し引き返し、内陸のプルパラネック街道を走った。私は小説のモアン婆さんが住んでいたところをイメージしながら、運転手に海を見下ろす場所を探してほしいと頼むと、ポルッ・ドン（Porz Don）というところに案内された。ここはポル・エヴァンの港への中間地点で、森の中からパンポルの入江が望める眺めの良いところである。

樹木に覆われた森の小道には、植物の「エニシダ」がたくさん生えていた。周囲に人影のない寂しいところだが、キャンピング・カーが1台駐車している。近くにキャンプ場があるそうで、この辺りはちょっとした保養地になっているのかもしれない。

小説でヤンに思いを寄せたゴオドは、ある日、自分の父親の使いでヤンの

植物・エニシダ

海沿いの村道と民家

実家に出かける。ヤンに会えることを期待し、かつて知らないエニシダの茂る、うら寂しい山道を歩いていくが、結局、ヤンは不在で失望して帰る。おそらくヤンの実家に行くためゴオドが歩いた道もこんなところであったのだろう。

その先、タクシーはポル・エヴァンに向け、海岸沿いの村道を走ってくれた。車の交差ができないような細い道である。海に下るなだらかな丘陵に民家が散在している。小説で新婚のヤン

寡婦の十字架（左）と大西洋の眺め

とゴオドが愛を語り合ったモアン婆さんの家もこんなところにあったに違いない。ただ、婆さんの家は草葺屋根のボロ家で、写真のように立派な家でなかったことは間違いない。

私たちは、昨日見たポル・エヴァンの港をまわり、車で接近できず諦めたラ・トリニテ教会の裏山に立つ寡婦の十字架（La Croix des Veuves）を訪ねた。

この十字架は、海難事故で夫を亡くした妻たちのために建てられたものである。そこは小説でゴオドが帰らぬ夫・ヤンの乗る船を毎日待ち続けた丘である。ここからの眺めは素晴らしく、遠く大西洋を見渡せる。また、眼下の入江には10艘余りのヨットが繋留されていた。十字架は高さ3ｍほどの白い石造りの柱の先にマリアの彫像を乗せた簡素なものだが、年月の経過と海風により、ひどく磨り減った状態になっていた。

次に、私たちは海辺を離れ、小説でゴオドが訪れたという「難破船水夫の記念礼拝堂（Perros Hamon）」に行ってみた。入口上部にマリアの石像が穿たれたこの礼拝堂は、今、記念館（Musée）になっている。残念ながら私たちが行ったとき扉は閉まっていて内部に入ることはできなかった。

しかし、入口を覗くと写真のような彩色マリア像とその周辺にたくさんの位牌（遭難記録）が掲げてある。入口の扉の上に、この礼拝堂が建立された１７２８年の文字が読みとれる。

難破船水夫の礼拝堂・入口の上にマリア像

位牌に残された記録を読むと19世紀後半のものが多く、多くの遭難者は年齢24～25歳から30歳くらいで生涯を閉じている。昨日見た氷島人の墓所と同じである。

ここは小説で帰らぬ夫の船を待つゴオドが訪れ、夫の先祖の遭難記録を読んで不安に駆られた場所である。

難破船水夫の礼拝堂入口

遭難者の記録

小説でなく事実として、過去、この土地の人々が海と戦い、いかに多くの犠牲を払ってきたかを目の当たりにした私はなんとも重苦しい気持ちになり礼拝堂をあとにした。

タクシーに戻り、小説と関係ないが、この地方の観光名所である「バラ色の花崗岩の海岸」と「ブレア島」への渡航地であるラルクエ（L' Arcouest）岬に案内してもらった。運転手によれば、沖合２kmにあるブレア島へはフェリーに乗り15分で行ける。観光客が押しかけるので島内は自動車の乗り入れを禁止しているという。そのためか、島に渡る人たちがここまで乗ってきたと思われる20台ほどの車が砂浜に停めてあった。また、ここはバラ色の海岸と言われるが、淡茶色の大きな石ころがゴロゴロしている砂浜で、遠くから見ればバラ色に見えるかもしれないが、近くで見ては少しも美しくない。

次に、小説でヤンが蟹（かに）の漁具を買いに出かけたと書いてあるログィヴィ（Loguivy）湾に行ってみた。遠浅の海岸で潮の香りが強い。運転手によれば、牡蠣（かき）の養殖が盛んだという。砂浜には養殖に使う平底で箱型の小舟が並んでいた。

（注6-7）ブルターニュ半島北側の海岸は、コート・ダルモール（Côtes d'Armor）と呼ばれ、県の名前にもなっている。アルモール（armor）とはブルターニュの古い呼び名・アルモリカ（海の国）に由来するという。この海岸の中央部にコート・ド・グラニ・ローズ（la côte de granit rose バラ色の花崗岩の海岸）があり、ラルクエ岬から西部のトルブールダンまで約20km続いている。

（注6-8）ブレア島（Île de Bréhat）は島民約４００人の小島だが、景色がよ

ここはオマールエビやイセエビの漁獲高も大きく、地域漁業の拠点になっているようだ。

こうして予定した行程を終え、昼過ぎに私たちはホテルに戻った。

ログィヴィ湾

く温暖なので、夏には5000人もの観光客が押しかけるらしい。そのため島内には宿泊施設やレジャー施設が整っているという。

ホテルでひと休みした後、食事をとるため昨日と同じようにパンポルの波止場に出かけた。波止場から一筋裏に商店街があり、私は絵葉書と小さな漁師の人形を買った。商店街の中央に広場があり、マルトレイ広場（Place du Martray）という。この広場の一角にピエール・ロチが一時期滞在したという家があったという。また、小説によればヒロイン・ゴオドがパリから戻って住んだ家があり、毎日、彼女は窓からこの広場を見ながら物思いに耽っていたと書いてある。

さて、広場に面したレストランは混んでいて、私たちは比較的空いたシーフード・レストランを選んだ。隣の席

パンポル商店街の広場

には親子連れと若いカップル、もう一組は老夫婦でドイツ語らしい言葉を話している。おそらく旅行者だろう。料理はムール貝のワイン蒸しを選び、前菜にウフ・マヨネーズ、デザートにチョコレート・ムースがついていた。味は素朴だがそれなりに美味しい。ムール貝はこの地方の特産というが、もう一つの特産である牡蠣を味わえなかったのは残念であった。

今回、パンポルの町を訪れて感じたことは、小説にある漁業の街との印象は薄く、港で大型漁船も見なかった。むしろ農業の街のようで、穀物倉庫が並び街中を農機具・トラクターが走っていた。

街並みは石垣を廻らせた石造りの家、屋根に明かり取り窓のあるクラシックなタイプの家が多かった。郊外の家も同じタイプで、皆、庭や玄関に草花を植えている。道路にゴミは落ちていない、美しく静かで豊かな街との印象を受けた。もちろん物乞いや浮浪者の姿は見かけない。ここが「フランスの美しい町100選」に選ばれていることに納得がいく。

街中を通る車の数は少なくないが、人通りは少ない。人の姿を見かけるのは波止場の周囲だけで、それも比較的若い人が多い。どうやら彼らはヨットに乗り、マリンスポーツをするため来ている人たちのようだ。

旅の３日目

私たちがこの町で過ごしている間、パリでは鉄道改革に反対するＳＮＣＦ（国鉄）の職員が労働争議（ストライキ）を起こし、列車を止め、間引き運転をしているとテレビが報じていた。帰りの足が心配になり、この日は余裕をもって帰路に就くことにした。

朝、テレビによれば私たちの乗るフランス西部の鉄道は、２本に１本の割合で間引き運転をしているようだ。パンポル駅で聞くとＴＧＶ乗換駅のギャンガンまでの単線鉄道は通常どおり運行しているので、行けるところまで行こうと乗り込む。

来た時と同じで一両編成の列車は雑木林と麦畑の中を走る。ナラやブナの樹林の下草にエニシダが繁茂し、白い花をつけた灌木はアジサイのようだ。アジサイはこの地方を代表する花で、昨日買った絵葉書にも載っていた。そういえばタクシーで訪れた墓地にもアジサイが植えてあったが、その花房は日本のアジサイより少し小振りに思えた。

ギャンガン駅に着き、駅員に聞くと、私たちの予約していた列車は運転しないので２時間ほど遅い次の列車に乗れと言う。座席はフリーとのこと。

予め覚悟していたので、この待ち時間を利用し、町の観光をすることにした。確か、町の中央広場にあるスクール教会（Notre Dame de Bon Secour）に珍しい黒いマリア像があると聞いたので見に行くことにした。

駅前にタクシーはいないので、大した距離ではなかろうと歩いて行くことにした。ところが駅は町の中央から意外と離れていた。重い荷物を曳きながら30分余り歩いて着いた教会の扉は非情にも閉まっていた。

ガッカリして駅に引き返そうとしたが、こちらの道路は放射状に走っていて、街並みが皆同じように見えるため不覚にも迷ってしまった。通行人に尋ねようにも道を歩いている

ギャンガンのスクール教会

人がいない。荷物が重くて早く歩けない。列車の発車時刻が気になり、気持ちばかり焦る。

たまたま交差点で一時停止した車のドライバーに道筋を尋ねることができた。その人は中年のマダムで、最初、怪訝な顔をしたが、自分もこれから駅の方に行く用事があるからよければ乗せていくと言う。感謝感激、妻と二人でお言葉に甘えることにした。私たちはだいぶ道筋を外して歩いていたようだが、おかげさまで列車の発車時刻に余裕をもって間に合った。マダムは駅に格別の用事もないのに親切心から私たちを送ってくれたに違いない。この土地の人の温かい心、やさしさが身に染みた。しかし、その時の私には気持ちに余裕がなく、言葉が不自由なこともあって、ありきたりの感謝の言葉でマダムと別れた。今となって心残りはマダムの名前と連絡先を尋ねなかったのでお礼もできないことである。

さて、ギャンガン駅で列車に乗る。当然のことながら2時間あとの列車なので混雑していた。座席はフリーと言われたので空いている席に座っていると次の駅で乗り込んできた客がチケットを示し、ここは自分の席だと言う。たまたま妻の座った席は日本人女性の予約席で、彼女はモン・サン＝ミシェル観光の帰りと言う。彼女は自分が優先して座ることを申し訳ないと遠慮していたが無理に座ってもらった。この列車はまったくフリーでなく予め指定席を販売しているので、それを持つ客が前の列車の指定席しかない私たちより優先されるのは当然である。

鉄道当局はどうもストライキで特急券と指定席券を買った私たちの権利を勝手に奪い、パリまで3時間もかかるのに立って行けということらしい。私たちの他にも同じ立場に置かれた人たちが右往左往していた。結局、席のない人たちは文句も言わず通路に座り込んでいる。このあたりの当局と乗客の対応は、フランスと日本では少し違うようだ。

私たちは疲れ果てて4時間遅れでモンパルナス駅に着いた。その後、3日間ほどホテルで休み疲労回復に努めたが、この間もストライキは継続していた。3日後、日本に帰る時も空港に行く電車（RER）は途中のパリ北駅でストップしてしまう。その先は間引き運転中のSNCF（国鉄）で行くか、あとはバス、タクシーによるほかない。パリ北駅のSNCFホームは乗客であふれていたが、東京でラッシュに慣れている私たちは難なく乗り込み空港に行くことができた。なお、今度は駅の改札口が開放されていて、チケットを買わず無料で運んでくれた。サービスの悪さを考えれば当然といえる。日本でも事故による振替輸送に運賃はとらないが、改札口を開放して電車を走らせるのは見たことがない。

知らない土地に行くと想定外の不都合もあれば、思いがけない親切に助けられることもある。交通ストライキにかかわらず、予定した場所をまわり、良い思い出を残して帰国できたのは幸運というほかない。

あとがき

ずいぶん以前の話になるが、死んだ母親の愛読書の中に昭和13年刊・岩波文庫の『氷島の漁夫』という本を見つけた。何気なく読んでみると、漁に出て還らぬ夫や息子を待つ寂しい女たちの姿を繊細な筆致で描く物悲しい作品であった。そして著者のピエール・ロチが19世紀末のフランス海軍軍人で世界各地を訪ねた日記を基に幾つかの小説を書いていると知った。彼の作品は、当時、フランスでエキゾチックであるともてはやされたそうだが、寡聞にして私は著者の名も、その作品も知らなかった。

さて、私は、かねてより退職後に海外旅行をしたいと考え、また、その旅行も単なる観光でなく何らかのテーマを追いかけるものであればより好ましいと考えてきた。このため、テーマを提供してくれる小説や旅行記を探してきたが、なかなか適当な作家や作品にめぐり会えない。そうした時、ピエール・ロチを思い出し、彼が軍人としていろいろな国を廻り、その地の人々と交流し、その地の文化に触れた体験を幾つかの作品にまとめていることに着目した。彼の作品には現地に住む若い女性との恋愛をテーマとしたものが多い。彼は少し「女たらし」で変わり種作家の気配もあるが、私は文化や人種を超えて恋愛を追及した彼の情熱とエネルギーに感心した。

私にとって彼の作品の舞台となった各地を訪ねる旅は、旅のテーマを与えてくれるだけでなく、彼の描く19世紀末に時間の軸を遡る旅にもなるので一層の興味を覚えた。また、彼の恋愛への情熱は、とかく萎みがちになる退職後の旅行意欲に元気と刺激を与えてくれた。こうして私は彼の小説に描かれた場所を訪れ、たとえフィクションでも小説の世界に遊んでみたいと旅をすることにした。

このため、この本のタイトルを「恋人たちの風景」とし、恋人たちとの楽しく明るい物語の場面を描くことをイメージして旅をした。しかし、終えてみると時代背景やロチのストーリーから「戦争と別れと死」が常に付きまとい、挿入写真のように「墓と寺院の風景」が多くなったのは皮肉である。このように、当初の意図とは異なる展開となったが、自分の旅の記念になるとの思いから、竹林館の左子真由美さんのお世話になり、㈱国際印刷出版研究所の喜田りえ子さんの励ましもいただき、出版することにした。しかし、出版するからには、読んでくださる方が少しでも多いことを願い、また、お読みになった方に少しでもお役に立てれば幸いである。

最後に、この本を亡き母・絢子に捧げる。

二〇一五年三月

著　者

ロチの著作以外の参考文献

◆インターネット資料
《Maison de Pierre Loti》Une visite de musée, par Madame de Montalembert

◆トルコ関係資料
新井政美／著『オスマン帝国はなぜ崩壊したのか』（2009.6.30刊・青土社）
野中恵子／著『寛容なる都――コンスタンチノープルとイスタンブール』（2008.11.25刊・春秋社）
松谷浩尚／著『イスタンブールを愛した人々』（2008.3.30刊・中公新書）

◆タヒチ関係資料
堀　武昭／著『南太平洋の日々――珊瑚海の彼方から』（1997.5.30刊・NHKブックス）

◆日本関係資料
『芥川龍之介小説集』（1987.7.3刊・岩波書店）
船岡末利／編・訳『ロチのニッポン日記――お菊さんとの奇妙な生活』（1979.2.13刊・有隣堂）
佐藤　剛／著『失われた楽園――ロチ、モラエス、ハーンと日本』（1988.2.5刊・葦書房）

◆セネガル関係資料

上野庸平（つねひら）／著『僕が見たアフリカの国――セネガル見聞録』（2011.02.25刊・花伝社）

小川　了（りょう）／編・著『セネガルとカーボベルデを知るための60章』（2010.3.31刊・明石書店）

◆フランス・ブルターニュ関係資料

ジュール・ミシュレ／著・大野一道、立川孝一／監修

『フランス史』〈Jules Michelet Histoire de France〉（2010.4.30刊・藤原書店）

福井憲彦／編『フランス史』新版世界各国史・第12巻（2001.8.10刊・山川出版社）

堀　淳一／著『ケルトの残照――ブルターニュ、ハルシュタット、ラ・テーヌ心象紀行』

（1991.6.14刊・東京書籍）

武部好伸／著『フランス「ケルト」紀行――ブルターニュを歩く』（2003.7.30刊・彩流社）

伊原正躬（いはら・まさみ）

1943年　千葉県生まれ
1968年　厚生省入省、その後、宮内庁、愛知・大阪厚生年金会館等に勤務
2009年　退職

著書：『アプラクサスの囁き―1960年代の青春日記』（竹林館）
『アンドレ・ジイド「背徳者」の道をたどる
―100年後のフランス・イタリア・アルジェリア紀行』（竹林館）

恋人たちの風景（Paysage d'amour）
―ピエール・ロチと行くロマン紀行―

2015年5月10日　第1刷発行

著　者　伊原正躬
発行人　左子真由美
発行所　㈱ 竹林館
〒530-0044　大阪市北区東天満2-9-4　千代田ビル東館7階FG
Tel　06-4801-6111　Fax　06-4801-6112
郵便振替　00980-9-44593　URL http://www.chikurinkan.co.jp
印刷・製本　㈱ 国際印刷出版研究所
〒551-0002　大阪市大正区三軒家東3-11-34

ISBN978-4-86000-303-6　C0095